U0093025

四分之一浪

青年之著陸
——「陸詩叢」總序

文｜茱萸

在此呈現的是「陸詩叢」，由六冊詩集構成。我們規劃並期望，於「第一輯」之後，會陸續推出更多獨到的文本；而率先問世的首批詩集，理應被視為設想中的一個開端。

揆諸現代漢詩的歷史，我們深知，基於「嘗試的開端」何其重要。而在這個文體一百年以來的發展進程中，「青年」始終扮演著至關重要的角色，現代漢詩的事業亦總是與「青年」相關——無論篳路藍縷的「白話詩」草創者，還是熔鑄中西的「現代派」名家，抑或洋溢著激情的「左翼」詩人，以及兼收並蓄的「西南聯大詩人群」，都在他們最富創造力的青年時期，開始醞釀甚至開始成就他們標誌性的作品。肇始於1970年代末的中國大陸「先鋒詩」，亦起始於彼時仍是青年的「今天派」諸子對陳腐文學樣式的自覺反叛。這是文學領域富有生命力的象徵。此後的四十年間，在漢語世界，這個領域借助刊物、社團、學校、網路等媒介平臺，源源不斷地孕育出鮮活的寫作群體與個人。

作為此脈絡的最新延伸點，出生於1990年代、成長並生活於中國大陸的年輕的詩人，在本世紀首個十年的後半期，開始呈現出集體湧現之勢。轉眼間已有十年的積澱，先後誕生了一批富有實驗精神的創作者。出現在本輯的六位「青年」——秦三澍、薤弦、蘇畫天、砂丁、李海鵬、穎川——即處於此最新世代的最具代表性的序列。

　　這幾位年輕的詩人，已在北京大學、復旦大學、同濟大學、中國人民大學、中央民族大學等中國大陸知名院校完成不同階段的學業，經歷過漫長的「學徒期」，擁有多年的「寫作史」，並已積攢了數量可觀的作品，形成了頗具辨識度的寫作風格。同時，他們亦獲得過不少權威的獎項，並在文學翻譯、批評與研究等相關的領域裡亦開始嶄露頭角。可以說，他們是一批文學天賦與學術素養俱佳、極富潛力的中國大陸「學院派」青年詩人。

　　憑藉各自的寫作，他們六人已在同輩詩人中占據了較為重要的位置，經常受到來自各方刊物與學院的認可，並擁有了一定的讀者規模──然而，由於機緣未到，在兩岸四地，他們的作品都尚未正式結集。所以，本次得以出版的這六部詩集，對他們來說，具有非比尋常的意義。大家的關注和閱讀，更將是他們未來所能睹見的漫長寫作生涯中的第一個重要時刻。

　　這些詩，以及它們的作者，對臺灣的讀者來說，肯定還非常陌生。他們來自中國大陸，得以湊成一輯的作者數量又恰好是六（陸），於是，我們乾脆將之定名為「陸詩叢」。他們平均在二十七、八歲的年紀，是十足的「青年」，在中國大陸，則通常被冠以「90後」的名目。但這種基於生理年齡的劃分，目前看來並沒有詩學方面明顯的特徵或脈絡，能夠使他們足以和前幾個世代的詩人構成本質上的區別。因此，毋寧從詩人的「出身」及「數量」兩方面「就地取材」，以之作為本詩叢命名的便宜行事。

　　機緣巧合，此輯作者的社會背景與寫作背景均較為相似，但這並不意味著詩叢編選者的趣味將要限制於特定的群體。相反，正由於此前因，我們遂生出持續編選此詩叢的設想，擬邀循高標準、多元化的原則，廣泛地選擇不同背景與風格的作者，陸續推介中國大陸更年輕世代（繼「朦朧詩」、「第三代」、「九十年代詩歌」以及「70後」

等之後）的詩人及其寫作實績，以增進了解，同時促進兩岸的文學交流。但詩叢之名目既定，以後所增各輯，每輯僅收入六位作者、六冊詩集，以為傳統。

　　本輯六冊詩集內，除詩作之外，另收錄有每位作者的詳細介紹和自作跋文，更有他人撰寫的針對他們作品的分析，出於體例的考慮，此處便不再對他們進行一一的介紹和評論。我願意將本次「結集」的「集結」，視為六位中國大陸青年的詩之翅翼初翔後的首次著陸。

目次

輯三 | 2015

輯四 | 2012--2014

2017

不關心政治的少女

紅袍煎雪，姣姣可看，
雪團連累著噴嚏，
啐進她髮髻沾溼的黑色裡：
脫身緊俏，腰身派用場。

出門前，軟銀胡亂了奶糖。
她的字也越發潦草，
筆鋒順道兒掃進壁爐，
伴著小報，浪費柴木斤兩。

她勉力揮鏟，小銅鏟。
她鬧出的水影帶著火苗味兒。
容貌不止用來褪色嗎？
窗櫺上，昨晚才貼個粉團屁股。

消息略遲。但不急著就跑。
她胸中有時刻、分寸：
家裡靠掛鐘校準鳥鳴，
誰敲門，誰帶她爬變心的火車。

手頭鐵壺是表弟相贈，
近日，虧它暖住祖傳的睡眠。
她昏昏憶起六歲落水，
九歲落雪，十五將近落草了？

婚事、新歡不久可採。
她離家為了耽擱的階級學習。
皂香暖霧是不要的，
舊情人醉醉的襪，不要的。

2017.1.9，冬夜寄岑燦

素衣篇

錯了錯了：假的偏要親手摸，
真相哭你一個不逢時。
跨年跨得過將信將疑？

身在華南又返滬，遲到一如既往。
消息遲到，春宵走漏星子，
替鋪蓋執勤的全是臨時母親。

臨時失眠，臨時排班，
你擠在一個宗族塞滿的表格裡，
往眼底注水的除了親情就剩虛言。

差一步了你苛責手洗淨了沒。
你檢查，口罩像前門敞開
要霾要霧要鮮唇。

裡應外合在上海，在我待命以求
消息過數州，早些錘我晚醒的耳膜。
別急，咬牙算命，穩住我妻。

待一雙皮靴蘸著醫療味兒
取道慈溪再餘姚，要那虹橋作終點
有何用！徒遭洶洶。

拖後腿，再遲到。尤其錯。
正確在辮兒上塗了油脂繁盛，
我，我敬你是個素衣且素妝的人。

2017.1.2，南翔鎮

萬古愁

誰照舊埋著頭？誰破壞著氣氛？
誰視力迷亂卻甘願站在橋上，
誰偷聽了鄉音卻認定那是外語？
你計算，你得到了卻故意漏掉些什麼……

就像你的位置被景色挪動過，
氣候會隨時提醒你，它把邊緣投放到哪兒。
如果上一輪環節，你在場卻沒領悟
可觀的價值，現在不妨把自己透明化。

這個建議不是從經驗中來的，
而是朝著經驗的末梢，危險地爬過去。
一開始你疲倦於巨幅的顫抖，
別擔心，你只要假裝你不夠脆弱。

睜眼時，你心痛於塞納河的顏料盤
不經意地崩潰：藍色染了黴菌，
金粉、銀箔也被魚嘴拱得不像樣。
你感嘆，聽力真是一套繁瑣的手續。

顯然，這是透過感官比較學的角度。
這也導致你錯失了恢復的黃金期。
從側面襲擊的聲音，猛烈到
像喇叭探進體內，用原聲朗誦你的錯誤。

它最擅長填補你的缺陷，它宣告：
你的時間表也很錯誤。令人擔憂的
不是真假之辨，我認為你的錯誤
在於把錯誤反省到了語法的層面。

是時候恢復你的眩暈以制服眩暈，
讓它適應視力的環線。是時候再一次
將景致內部化，最簡便的操作
莫過於把喇叭口一致對外，繼續播放。

另外，請保持一種模仿性的距離：
離人群既遠又近。理想狀態並不等於
理想的狀態，每當你詢問「萬古愁……？」
一切答案都像跟自己賭氣。

2017.10.31，寄瘂弦
Pont du Carrousel, Paris

可見的與不可見的

向窗外眺望，寒鴉層疊的叫聲
干擾著你，說它「延遲」不如說「堆積」。
它的持續性讓你擔心著可靠性：
橘紅的鴉嘴最先出現在窗臺，隨後呢？
你說它絕對安全，但不至於是一把鎖。

你手邊能調動的區域只有這些，
除非你執意把窗子關閉。牆上的開關
將提供光，這取決於你願不願意
徒手扭斷它敏感的神經——
並且要快。並且允許記憶的降落傘
在收縮前，提最後一個問題。

它的消失等同於化繁為簡。
注視燈光太久了，你終於感受到
聲音的顆粒在挖掘什麼。假如你贈予它
一個譬喻（比如「滾筒」），只能說明：
你為你的眩暈找到了洗滌的理由。

但缺乏清潔工具。透過光的滾筒
你看到多少次聲音偏離的心願，

意味著多少個虔誠的盲人圍坐著你，
耐心聽你抽出閃電——哦，金黃的草稿。
他們耐心，因為筆尖勾出的鐵線
在陣雨中歸零。像恢復某種額度。

在這個意義上，即便你把鋼筆藏回口袋
也不能算數。他們會說：都是臨時的。
熟悉感總能阻止你把一些換算
抽象化。失焦的感覺大概是甜的，
你猜你知道，但不總是知道。

2017.10.11，贈蕭盈盈
Café les ursulines, Paris

Au Naturalisme !

Y a pas de peut-être dans l'histoire !
翻譯：電子競技不相信眼淚。

你講故事泛金粉，像一部歷史劇
中途泡沫，哭著尋短見──捉筆人呢？

是呵！你寧願寫葡萄瑟瑟，
捧著紗衣，冷酒在酸楚的峰值敲冰塊。

燭焰狠心，咬著你的、你自己的耳墜。
遲緩，是電話裡Monsieur Papa黏人，

拒絕從腐壞的心扉遞出把手，手指
都不給！La beauté的轎子被月光掀翻……

暈酒的軟轎呵！既然痛飲過「自然主義的
微光」，tombez dans la nature !

2017.5.15夜，Bohemia酒館即興作。贈王子童，兼示虞欣河、朱夢成。
「自然主義的微光」源自甜河的詩，席間談及此句。朱夢成把「歷史中不存
在可能」譯作「電子競技不相信眼淚」，這詩也答謝他的機敏。

前線

一圈圈，扇形的前線被鴿子推進，
扇形化的影子被隨時變賣。
它顛簸像掏空的浪，舞步攪拌著天真，
但未必聯想到風俗與智商。
它腦袋左傾時，在此刻，的確曾揪住
你機會主義的情操，即使未曾修正；
另一刻，它頂撞交腿而坐的紳士，
遭到男人纖腳的警告，至少
再下一刻，它不敢冒失地展示爛漫，
縮首謹慎於廣場的嚴肅。
冒失的說法是：聖像的威望取決於
底座是否高聳，譬如Corneille石化的袍裾下
那忍聲痛哭的頭顱，與其說藏不住，
不如說刻意露出一顆難辨認的心臟，
彷彿果真向鴿子的祖先寄存過某種機密。
但它眼裡，除了晨昏是均分的，
只剩下顛倒且微縮的贗品。
石像接連倒下，加重它半個月來
睡前的疑慮：初冬，新長出的羽絨
像加厚的集中營，顯然圈不住它
卻隱隱圍著它。一些慣例在寵溺著什麼，

但局部的歷史不足以將它教訓成
一個智者。它的貪食已鏽壞了
飛行的性能，不再輕易躍上石像，
不再試著啄翻神聖的帽子，
雖然禿頂早已不反射光明。

2017.10.9，贈金子淇
Place du Panthéon, Paris

聖心

你準時發怒，隨時洗腦，
身子纖細易受寒。你背靠黑夜
邊愛撫邊偷吃，花蕊上
烈酒嘶嘶，造成一個花腔。

你再而頹，三而喪，
把童年按進了死胡同。
它轉身，羞臉。你不停地通知
就像統治：你，剩下來的那個……

少小離家，你局部的視力
導致胡鬧、亂講：「真理脫光了我。」
你在花蕊裡飲水，反過來，
分泌的宗教溼答答，更純。

啊，你在美的緩刑裡拖延？
寄宿在鮮嫩中，卻枯萎得像廢人？
把衣冠移交給永恆，就算了事，
你等著：有借有還？

像胭脂，深刻到表面。
像星星，被奴役到星星眼。
要逃了嗎？你壓上來像新手開坦克，
喘息時，實在沒原則。

2017.11.10，Montmartre Paris

解凍

好天氣揭開新聞的封面，
暗暗吃驚：疊報紙的姑娘
把湯匙留在油墨間。

比責罵更痛心的：
無數熱浪攬住她細嫩的肩。
有種暴力叫做母親的寬慰。

她不憂慮腳下。貓舌正洗劫
結晶的黃，鼻尖噴出雄性的氣味；
她只顧緬懷夜飲，只顧在頭腦裡

裁剪一套晚宴的盛裝。
布匹呢？一面應聲敷衍母親，
一面吮手指，等相宜的人來。

是呵，蜂蜜罐不慎傾倒，
尷尬於這種氣氛。熱風
幫電話線擴散具體的甜味。

剎車聲讓她睏意歸零——
男帽從車窗滾落，她繼續仰臥，
被滋養的腿又懶又困難。

肌膚的滴答聲終於響徹報亭。
她咒罵，因為警察咒罵，
她遺憾，只恨那些時差……

2017.5.17，復旦北苑

論魚鰭如何透明

遲到不代表逍遙，你我之間
優雅遠多於禮貌。你腳步輕得
不夾雜一絲焦躁的深圳性。
別怪我有言在先，你的不耐寒
源於食用了南國的椰子雞！
更直白：你用一隻雞衡量友誼甚於你自己。
此刻我們借酸梅汁勾兌油膩，
半小時前，廚師拍胸脯保證
3.3斤只含三兩的油脂——他太自信
導致我不信。僅限對物種的懷疑：
它掙扎時，怒氣貫徹到觸鬚，
就像你遞來一隻手，我誤以為
掌心裡攥著弄皺的雪白紙巾。
談談「孤絕」吧，你發明了妙詞兒！
猶如我的心沒被冰鎮過似的。
至少我曾親身設想：魚鰭被湖水洗白，
直至透明，儘管它現在漆黑如炭，
配得上爐底火苗的努力。
它像一座圓錐形的孤島，搬動
我們命運的湖底，只想證明：
同情心類似同心圓，

你我終究沒做好潛水的準備。
譬如能不能猜到，魚掙扎在秤盤時
想扭頭咬斷自己透明的鰭？
知足吧，至少你明亮的獨語
藏匿著我的耳蝸，火苗也恰當於中庸。
雖然這不等於你對妥協
很熱衷。最終你信仰於好奇心
就像信仰兩個假邏輯：
要麼掀開廚房的冰箱，湖水湧出；
要麼頻頻說著「抱歉」，
就算你不覺得你的神色很迷離。

2017.5.8凌晨，贈穎川

論水面的道德

太晚了，蝌蚪睡進蝌蚪群的黑。
寂靜，是未來的幻肢在夢想中
攪動月影。集體的呼嚕彼此抵消，
旋入夜的消音器。

從無到無，水將白晝的邏輯鏽住。
噴泉的舞鞋，踩滅樓梯間的昏燈
一盞不留：像少女倒立又像少女失靈，
魚鉤般挽起一尊周全的銀臉。

地址不詳的鈴聲能震碎淺夢，
讓魚憤怒地翻身，馱著夜的取鈔機
歸還你預存的碎銀。休想逼它
患上萬能的偏頭疼，咬住那一刻鐘。

鏡面急促地喘息。同一個位置
酸氣推著琴弓，鋸出更多淚珠的前身。
它掉頭，夜的銀獸睜眼並跌倒，
給你看一對渙散的知識！

2017.6.4，贈陳雅雯

鐵蒸籠

走近時，清零的爐灶上
豎起寶塔，六七個麵團
粉白於黎明。你的警覺
是食欲奇襲：竟沒有看守的人！

但不至於。熬夜的天賦
教你失態，腦後有鞋聲
掣你半伸的兩指，身心
健在，不至於莽撞夏天的熱臉。

你滴溜溜地轉圈覺醒，
山東篤信，蘇北亂來。
徐州人既尚武且嫵媚，*
瞞不過監察先於呵斥：「別掀蓋！」

收手自茲去，你償付良心
卻抵賴利息，粉飾不求助
麵粉，巧舌難說為了保健。
你盤算挺溜，但短路攔截得更快。

你辯解那是試探水溫，
不料筷子遞來。你因

長者貼心而套用良知，
難道要他替補：飲器和臺椅？

拉家常像拉麵，牽手牽強。
起承轉合也講究：他待你
是速成的半個女婿。指控
嫁女的開銷逾越了北方數倍——

最嚴重的祕密：「竹節蝦
可真便宜呵。」還沒認領
七分之一手慢無的早餐，
蒸籠熄火，筷子駁回，都低調。

他留你聽：蒸籠裡沸水
晃蕩如皮球早產於酵母；
不得不：胃口滋生河妖
拆遷了寶塔，鐵皮不忠塑料難咬動。

2017.8.23凌晨，上海楊行鎮
※注：柏樺詩裡寫過：「徐州男人既尚武又嫵媚，臉圓圓的」。

不能禁止

其一（論緣起）

燈亮得艱澀，像在翻譯黑暗，
更多生詞兒在胸腔裡查詢。

躺下，濺起的光斑稍微抬高了房間，
偶爾一釐米，偶爾緣愁似個長。

緣愁似歌唱？翻譯無短長？
百葉窗猛刮夜的聲帶，重寫白色神話，

又怕作弊太認真，慘遭打假。
好吧，你用酣睡模擬一次激戰。

你天真放棄異議，翻身很順利
像提前演習好的，呼吸也按計劃來。

但窗外花賊指責你侵犯了版權。
還真是，你的臉複印鮮花像千層紙。

2017.12.22，里昂，讓·饒勒斯大街

其二（論矯飾）

安靜使人失靈，肥胖且無情。
失靈重啟著肥胖，安靜概率減半。

你看水中鵝、簷下鴿，就能明白啦！
一個綠浪坐禪眾生，一個青石座談諸位：

「你請，略微這樣那樣。夠好。」
「不敢，擅長浪談，權且服務您們。」

但不排除：坐臥一致於立場。
立場起源於：氣候的效果繞過人心，

遙控到家禽。說「飽暖出英烈」，
說「斷橋的私有制，拿屁股來檢舉」。

就像彼特拉克，一手掩鼻說「骯髒！」
一手把《征服》塞給本地的愛侶。

2017.12.23，阿維尼翁，聖貝內澤橋

其三（論智能）

卵的味道在草稈上盤旋，
非人的經驗竟有些害羞。

覓食比點菜缺乏一個抉擇，
廚藝是拷貝的，更像函授。

摸黑不熟練，摸出馬糞麵包。
北斗星湊合了一套蛇型。

寒意勘誤隔壁的牙床，
雄辯的霧團沒讓你一定要咬。

為睡眠必勝！取消羊的意志。
為國際主義！諾斯特拉達姆士。*

羽絨服加棉被，制度自信，
沉醉靠自覺也靠自我管理。

2017.12.23夜，聖雷米，德性十字小道
※注：諾斯特拉達姆士，法國猶太裔預言家，1503年生於普羅旺斯聖雷米。

其四（論權勢）

海岸線降級適度。翡翠降級貽貝。
遊艇降級何妨一室九廳。

天空絕爽於海鷗口吃，不浪叫；
海鹽衝刺了本地胡椒，好驚呆！

匱乏既是路窄也涉及公交班次，
健忘的南方佬磨蹭一個下午：

老漁港假冒鮮花聖地，馬蒂斯呢？
藍色裸體上，石榴「體現那個少女」。*

請通融！來者非富即貴，非美即俄。
誰像米老鼠：赫魯曉夫、安德羅波夫？

我是說，競相抵禦搞成大串聯，
蔚藍貌似中立，其實很卡通。

2017.12.24，尼斯，天使灣
※注：「體現那個少女」源自張棗的《斷章》。

其五（論憤怒）

枯燥能交叉感染，
帶病加速悲來慣。

氣候偏說你誤解，
噴嚏闌珊成擴散。

趁假期侵佔空帆，
擎傘亂飄嫌手酸。

西餐中吃能咋樣？
渡鴉鐵笑一鍋端。

提煉工業鳴鳳管，
誰說撞色就渺漫。

哥倫布船嘟嘟響，
新舊神威脅要完。

2017.12.25，熱那亞港

其六（論得救）

保質期試探乞丐的純度，
盤中餐嘩變，維穩一群變種。

轉角的幸福靠護士來嗅，
入口的曖昧要情人簽收。

黑死和麻瘋全賴類型化處理，
Memento mori！標語硬撐。*

頭顱配鐵絲，蚌珠大幅受難，
巴洛克擁戴極樂，規模免疫汙點。

無論供奉：驚豔通天的風骨。
如願以退：逾越鎖定愉悅。

降維比深度多出一個潑辣，
激進的團結盡享境界光榮！

2017.12.29，米蘭，聖貝納迪諾骸骨教堂
※注：Memento mori意為「牢記死亡」。

其七（論算法）

七點，輪胎的吃雪性
吃掉月光。阿爾卑斯越老越不乖：

翠綠的贅肉鼓勵著白裙，
腰線呢，有就是更加無……

雪：糖霜速凍硬糖，點綴性的。
路：柴油車不廢柴，氣溫輔助。

幸虧你把妄念當離合來踩，
晚風調笑車輛，只敢繞著禁區。

你故意在離心時拔掉活塞，
嘆，活塞狀的良心多麼動感！

條款朗誦著，自動又深情，
一些罰款程序像走親戚不走心。

2017.12.29，比耶拉，奧羅巴聖殿

其八（論博愛）

天鵝插隊，爭寵麵包屑，
雄性激發運動往往很抗爭。

偏心的妻子怒而抖擻藍濾鏡，
天空婉拒了深邃，被迫醬油色：

油膩膩，像油印室傳單洩露；
溼淋淋，像風溼暗示性地宣傳。

起風隨機，起錨也很薛定諤。
銀鷗翻飛著氣功，全民大保健。

燈塔，永無登臨的準星，且慢！
瑞士錶偏慢，垂訓擴大化的深奧。*

假如動蕩的液體否極泰來，
全都蔚藍也算一種示範。

2017.12.30，日內瓦，萊芒湖
※注：蕭開愚〈就近談致友人〉說「瑞士的鐘錶偏慢」。

2016

低空

不會更高，是失去海拔的夜空，
是距離，從按門鈴的指尖
壓住深陷於食物的發燙的勺。

是讓人擔憂的餐具散出冷光，
把雙份的病症，攪拌進數月後
咳喘著向我們舉步的雪地裡。

是勺子用金屬的舌頭捲起
碗底涼透的白粒，是一次外出
搖醒它：猶豫以至於昏睡的定音錘。

是腳，是離開的必然，讓位於次要。
是天真的纖維，你顯現它
只能求助於夜空替你掀開眼瞼。

是你的手擰動另一種潮溼，
彷彿將要丟失的躁意
透過門縫，扶正屋內折斷的香氣。

2016.10.29，上海

風聲

是你：風踩踏過雨的階級，
又像騎行，用同一隻腳
夾緊手風琴那沉著的肺。

但你手勢無聲，仍不肯
將琴鍵背後的弦
撥進水面年輕的肌骨間。

錯誤的階梯，被吸進午夜之嘴。
你輕薄如潮水的身軀
正填滿一道肉的閥門。

從涼亭背後，你曾比陣雨更快，
為荷花池轉出一排空地。
你的聲線有銀鉤般的用途。

你向黑夜借來的目光，
自顧自，劈斷水中浮起的呼救。
每一次更替——

每一次光在你體內躺下的時刻，
就在無能的手掌間裝上一根新弦，
讓琴鍵潛水，至於無聲。

就是承認毀滅，承認時間
正掩埋你高燒不止的臉。

2016.10.24凌晨，上海

夜航

為了歸來，你模仿另外的手，
一隻手套也換了冰冷的金子，
待售艙位不起眼的哭意。

遠古：槳聲發怵，讓機翼臨盆。
眼下：記憶吹皺奶汁的弧面，
褡扣墜線，乳暈回春。

但昨夜鬧哄哄的，一個起點
拼湊在空中，像婦人髮髻半散
替你良心的回執燙金。

唇在舷外，圍捕風的微粒，
借一扇圓鏡，你比抱嬰的年輕母親
更接近：哺育在櫻核。

更低，灰色如字模在眼中走火。
一枚梭子織你不認得的城市，
也勸：走舷梯，乾淨如舷梯。

2016.10.16，上海

醒世篇

I

午間，雨暫時停下，
你終於起身，看成堆的鹽
在相框內部散開。

風伸出纖手，揉搓著
降落地面的小雪山。
它們的出生證，掛上窗外

那棵新晉的綠色三叉戟，
夏天的第一隻腳
在波爾卡的瓶頸中踮起新的曲度。

II

你彎曲的身體，在睡眠中
微腫，像牙痛患者契訶夫的刀
在咬準案板的一刻，
讓隔夜的神經越加鉚緊。

隨手拈來櫻桃，就著晚間的氣味
你乳尖般的紅痘半熟。

但一撮鹽在你踝邊聚齊，
環形的影子包裹著
比晚妝更早下垂的那只手。

III

看見一支筆，削去了
命運彩票的直角，但它背後的字
你刮不透。相片裡更深的眼睛
後退著，探出一把鑷子。

伸向何處？你在更暗的地方
輕吼。「昨日的郵差」，
當你談論它，滾在水窪裡的低音
能否喚醒一間新的臥室。

而腐朽賜你，那剛剛抹平的雨霧。
它的巨眼從鍘刀上返照，

像修剪完花枝，事後的你
與你並排躺在一起。

2016.3.21，上海

避世篇

在故地，五岳冠夾帶白鶴的熱。
你，穿紅袍，風火輪在腳底
卻像減速的廟堂拒山水於煙氣中。
年輕道士們，被鏡頭培育的模特，
對你的尷尬報以更遲緩的停下，
不是真的等你，而要越過黝黑的頭頂，
看高音喇叭屁股上的電線
團結又緊張：團結著現代生活中
抹不盡的舊風物，緊張你的緊張。
再一個月，你離開此地
去更深的中國播種，不撐船不陸行，
高空氣流擠壓你乘坐的金剛鳥，
不明確的乳溝卻平靜如一部交通誌，
穩健，收斂，規劃著世界之肉的支流。
你，終將回想起，道觀外
不算高但足夠牢靠的牆：兩種紅色
交織在一起，你倚著，
半隻腳落進衰老的影子。

佯裝暮氣只是對時間的整除，
不存在的餘數輕輕跳開像山雀。

2016.3.20夜，上海

勸世篇

艙門是你最後的期限。
你撫摸自己，確認身體和行李
一同迫降。你揣摩粉紅的新首都，
像氣候裡一株盆景在頷首，
它速朽，甚於你蜜製的本命年。

果脯罐能倒出多少情色的殘渣？
棄置已久的房中術，被重新鑽研？
但耐性早失，貼面吻的客套
被取消，空氣是新研製的刑具
欽點你敏感的肉團：發顫如電動般。

寒意在亞熱帶陰鬱的肩上
翹起纖腿，不聳動，無新歡。
幽深之物急迫於解開絲質的口渴，
甚至人類學中，那些邊緣性想像
一併塞進你緊湊的底部。

蕾絲勾起潮溼的群山，又鹹又蜜，
彈奏乳暈般的雲，穿褲子的雲……
你用身體發電，刺探中性的頻率，

所幸：比你更平坦的新女性
接管你眉間遮不住的陰翳。

你尾隨她的耳垂，鹹淡相宜，
窺伺者湍急的視線，藏在手底把玩。
初春，夜晚的腺體是氣泵
鼓吹那酣睡的幼年利維坦，
勸世者，收斂第一夜空轉的危局。

2016.3.1，上海

火狐篇

像火狐更早地熟練於火，你聽到
風暴收緊的聲音，貧血的臉？

如何在危樓取水，如何在鏡中
等起始於髮梢的雨攀上你的全部。

它寄希望於：你的軀體布滿水漬，
像傾倒不懂的密碼，讓肉的漩渦

降下烏雲，在你盛放雨水的吉兆裡
呼喊，在我們接合之處安歇。

乳房邊緣，光撐起薄薄的舞裙，
像鑰匙試圖撐開不會終止的圓……

赤腳的，比舞者懂得護住雙踝的人，
你以你的屈膝，讓快樂替你回答。

2016.7.13，上海

剩餘篇

奇怪。不是憑空聳起一座塔，
難道雨後的筍，也摹仿人類
鑽營著圈地，養人，在最後期限
稍稍顯擺過一點生機的特權？

陽臺上，我親眼看見鳥與鳥搏鬥，
卻不敢把遮蔽自身的灌木
想像成藏嬌的金屋。那些土著選民
把硬幣般的光柱，分攤成更小的私產。

昨天尚餘初夏的氣度，今晨
手機的地震讓我從床單盡頭
迎接窗外的綿雨，外加讀書聲中
唇與齒扣動時，清脆的殖民氣息。

就在這潮溼的房間，我為你寫詩。
而你，像漂流到孤島的甘蔗，
不甘心被萃盡蜜汁，不甘心讓生活
成為連通氣候的一根根纖維。

但鴿子也在斗室裡起跳。
它團縮，窩囊，用身上的暗斑
蘸去我筆尖滲出的墨，卻飛不高，
頭抵在我胸腔薄弱的那層上。

還剩餘些什麼？擱筆，從善妒的鳥群中
牽出不合群者，你終究瞌睡了。
仍抵抗著，仍在探望對面的公寓裡
第幾個男人從那層窗格閃過。

2016.4.12，上海

潮汐篇

滑動的聲音，像打拳。
舌根躍起之際，預警著湧浪
沖刷你身體的邊境。

是它。你鏽色的海堤磨亮自己，
迎接久未挪動的肉。

憑藉權柄，沒收你的輜重。
你看，汗水替海水
把例外之物拒絕於域外。

你憂慮於陷阱，也像潮汐
舒展淡紅色的入口，
被拍擊的欲望，被排擠。

每一次往返，呼喊擠壓著
浪尖彼此追尾的聽不見的震顫。
像聾啞者的新友，你為親密而禁言。

喜悅的微粒，以毫米
推進在四分格精確的數學中。
四分之一浪，四分之一傍晚……

2016.8.20，上海

歸心篇

唯有託付你，另一副嘴，
讓果肉上閒置的水壓爆破，
過度之吮，抽盡了氣候而留下黑。

熱，最靈光的消遣。
你朝上的拇指向一杆槍借過領空，
睡眠消耗著後背，私販睫毛。

渾濁而略帶失望，警笛
也撬開虛掩的口腔，訴訟自由。
列車員蹲下，眼色如金。

但，車廂微聳於平原之臀，
雙軌用來掃盲。童稚堪比擴音器，
更善於呼叫一座空城的歸心。

向後算：顯示器越獄的數碼
敲錶盤起舞，起霧。
橫衝不如剪徑你的妻。

2016.7.27，過合肥南站

遠遊篇

在船上，你渾身空蕩蕩，
缺一把環形鎖，拷自己不安分的手。
我同時收到了你和消息。

是否望向我，是否在海的唇間
安插過驢蹄馬尾？舊友取來皮箱，
鏡面互駁，讓你認清了：

暈船如暈藥，紅暈消褪後
你需要採陽補陰的妙效。
乳牛的叫喚讓你看見遠處有船。

就在剛才，你顛簸的身心讓海水起皺，
一片荒島竟讓你起意去養老。
不是說，舊景也被你的修圖器美膚？

有沒有把握，我問你：
也修我眉，修我聚光小眼？
最後，修一修心中貴族般的黑暗？

就算它啜飲過你的濃眉蜜眼，
也無法阻止湛藍的你
在海的信封上劃掉那些地址……

不然呢，你斜倚著停止的現實，
真要為孤島新建法度？
看，在革命的臥室，你手握槍管

指點我鬍髭叢中的美男痣：
二十五歲，連海水也知曉
那年耗費了多少竹節與軟毛。

2016.4.12，上海

光照篇

至少，你不急於收攏春夜裡
洩露的勇氣。它們變硬，結晶，
攻向詞語砌成的工事，試圖
把誘惑者的舌頭，鍛打成你唯一的
心智的冷門。如果我說
選擇即命數，你的半途而廢
將翻轉為節制的樣板，當樹影
移向臉的中線，你至少不會相信
詞語，是睡前必須服下的藥。
我聽到你喉頭微聳，但下顎
並未約定般，響起金屬相撞的雜音。
它時而緊張地彈劾著
不服從肉身的零件，如你手握
雨燕般的微乳，在清晨不知所措。
我曾代替那雙摸索的手
安頓你的神經，但我由此捕獲了
視線末端倒放的童年
在為另一個替身沖洗底片；至少
我手指探進的空間，有螺旋般
收緊的褶皺。一片織物
或更小的封套，束緊你幼嫩的器官。

黑夜，一扇旋轉的門，播撒光，
但事物的斑痕誇張著
被皮膚記憶的不可逆的恐懼。

2016.3.3，上海

庸醫篇

大病之後，你盤點年終的小病：
電腦硬盤像害了鼠疫，幼鼠的小手
搓著你的衣裙，讓整個下午
都有點兒毛茸茸。春日將盡，
你仍裹著厚重的冬衣，恰巧撞見
銀灰的月亮勾住樹精的脖子，
問他吃不吃蜜。但隱喻沒法食用，
中原音的「大餅」就是你的病
本身的誘因。說到地域分歧，
無知勝有知。你把暗室當成蜜穴，
難道我是知恥後勇的熊？也不妥。
你懷疑鏡中的自己像懷錶，
徒具規律的外殼，鉛實的機心？
最終你在診室裡確信，庸醫最拿手的
是兜售泳衣。他說蝶泳可以禦寒，
比基尼讀作Bee－Kee－Nee。
混搭了蝴蝶和蜜蜂，總讓你生疑：
白大褂裡藏著毛髮繁盛
非猿非猴的肉體。有些心慌，

轉頭撞見星星偷瞄你的領口，
天哪，連你的形象都在欺負你。

2016.3.23，上海

宵禁篇

關於宵禁，關於它具體的形狀，
你預先想到了皮鞭。你的筆
不再是旗，抽響黑夜裡豹變的豹。
此前，空氣像隱形的梳子按摩它，
讓它忘記，你在手掌下等待翻盤的時機：
一頭嵌進了時間之肉，並從容地
拉扯出磷光，一隻試圖把脖頸
挪向更暗處的絕望的幼獸，
也在我胸前刨出懷疑論的土壤。
確實，你的選擇讓我對夜裡的霧
缺乏翻雲覆雨的決斷，因為
一場雲雨意味著，被焊接的兩個空間
必須輸送同樣的疑雲和體力。
同樣地，在儲物架上擺放浴帽，
即便不被使用，即便在同一刻，
它們禁錮的不僅是用來辨聽詞語的耳廓。
即便這譬喻只限於描述霧氣
與我們頭腦的關聯（哪怕微弱的），
以及它對你我不可縮短的距離的蒙蔽。
被禁之物，被你當作春藥
加以獵物般的保護，你冷淡如窗，

但尖爪攪著黑洞般的自己：
如同新的藉口在你體內
脫離了低級趣味，仍翻揀著
你的速凍記憶中最甜膩的部分。

2016.3.9，上海

深淺篇

I

不如說，你的後悔先於你
把夏初的蟬鳴拋在腦後。
它尚未出世，就用啼哭為春末的你
傳授了脫殼與苦肉的藝術。

褪皮不是件容易的事。
至少我知道，你和同伴
為此前往泳衣店，觀摩過店主
如何綽一根針，挑破
強行入贅的喘氣的雲層。

他的繡花針既能避雷，又能
在你們光潔的背部丈量出心思。
有那麼一會兒，你耳朵裡的毒蛇
又開始敲響它金黃的舌頭。

II

如此，還擔心什麼水溫與湍流，
擔心經期剛過的縣城
會不會習慣性地熱情一把，
兜頭為你們免費沖澡？

你後悔了。歡聲扶住你不穩的腳，
從遠處襲來的水柱，像臍帶
抽取你不易察覺的鄉愁。

不過是因為，你們剛褪下的春衣
被夏日塞進藥葫蘆裡，調製出
什麼護體的金衫。觀望的雲呵呵氣，
為你們敷上冰粉與水銀。

III

有些刻薄，但很熱。
難道未出世的蟬，竟昏聵到
指定你去水中刺探物理定律的彈性？

何不自問，在相似的事物間，
是不是選擇了衰敗的那個？

在工作和時日之間，在鳥和摩托之間。
說到這兒，你望見同伴們的膝蓋
將生蠔般的鮮肉榫接：
任海浪清洗它們的殼？
你選擇了自然還是自然的造物？

IV

挨個地，你們拿衣衫傳遞過什麼，
像半空中的水球在胸前隆起
雕像般生硬的心跳：手持聽診器
貼近心臟的夾層，夾你。

差一點，掘不出內心的珊瑚，
當你潛伏水中，有無猛虎加持，
飛機過境，或者預售的蟬鳴
伺機轉動避雷針，強行炮擊誰？

但腳下的沙灘被你揉成麵團，
等待新生活發酵於過過往往？
你坐實的灘坑掙扎著起身，
想像良人在遠方，把水鳥埋進土裡，
記憶不知深淺地睡眠。

2016.4.8-9，上海

感時詩

路過浴室，醒不如半睡。
不如取來毯子，裹這交歡的水聲，
在夜間磨洗著江山，美人。
兩年前，我也羞於秀肉秀恩愛，
面壁，沖過澡，想像過攻伐，
一整夜的疲倦就是鎖殼裡
拔不出半截鑰匙，
讓心事半裸就半裸著。
現在想起來，是不是另一個我
也指望一座呆板的公共建築
率先扯下書生般的臉皮，
邀你來個公共性，敘舊，小酌？

多少年，你把內心當作塗鴉的短牆，
先畫龍畫虎，
再驅逐那些固執的老年斑？
真的，我眼見精鋼製成的手術刀
像畫筆一般，被聰明的
匹配的手操著，
也無非晨起時，往枕巾上
割幾道長吁短嘆的淚斑。

有些失落？它世故，但區別於
從歲月根部長出的皺紋，
不願假裝去偽與存真。
比如，半疊世人的名片
也抵不過腰間最後的好牌。
在命運的託盤裡，那雙手
干擾過籌碼的份量，翻雲覆雨：
紅桃K色衰，梅花7深藏芒與刺，
無非取徑於終南，
時時偵察著，迎接新神的
到底是搖籃裡的哪位嬰兒。

累了。渾身是膽不如渾身是腎。
嘔吐過，痙攣過，
那把刀停在耳邊，嗡嗡聲讓胃袋倒了個兒，
唯獨切肉的聲響提醒我
往來的情事，只能在算盤上清零。
臨了，也不過在哭泣的基礎上
打一手荒唐的紙牌⋯⋯

算上昨夜，我額外見過你
幾次黝黑的內蒙古愁容，
像數次整形後，新租來的虎皮。
你教唆我，但心底的怪獸只學會
咬人，吐痰，劍來了卻拿刀擋，
只差臨街撒尿時
遞我紙巾，擦拭些什麼。
但你我年輕像新出爐的刀子，
故意磨鈍了邊刃，
難道較勁如舉重，也在人間頂撞過人間？
最終，夜色贈別月色，
站街的唯有我，
和一頂特別的螺旋，新的光源。

2016.4.16，給賈鑒

即興：柳葉湖

湖水比淚水更容易稱量。
你看，一張改簽的機票
就兜得起它水淋淋的耳朵。
剩下的弧線，執著於
在你肩膀側面
圍成半個薄薄的澡盆。

遠處的浮標比你浮得更前傾，
露出胸脯，卻不害羞，
而禁止的意味仍讓人微微咋舌。
面對誘餌，我只曉得
摘下眼鏡來模糊。

少年如你，在仰身
等一片遲來的柳葉剖開湖底，
從沙裡掏出鏽掉的舊藏。
你的肩膀正生產水錘，
而我的，也在熱氣中
奮力拋出被夏天弄彎的柳葉刀。

只是，顯露出嬉鬧痕跡的地方
都被我們的身軀擦洗過。
我僅僅拒絕了你跳水的願望，
卻從未獨自躍起
招攬過童年那無數的呼叫。

2016.7.23，給李浩

柔術：柳葉湖

一個光潔的信號。起身沏茶時，
意識到你習慣的午睡
被我拖延在白瓷杯同樣光潔的禮貌中。
不擅長浣洗、擔心碰碎東西的手
隨著你講話的節奏，搖勻水位，
而熱氣從不熱衷於交換它的蹤跡。
要預備多少次端坐與傾聽，
你才願意把相似的水聲
拋回柳葉湖，那呼吸輕盈的口袋？
想起昨夜宴飲，兩個不嗜酒的人
清淡如湯，也傳遞過幾次小小的機鋒。
數小時前我從湖中洗出鋥亮的茶盞，
等天暗之後，聽你談雲端人物
託夢的彩筆——我想借庾信那支。
擱下筷子，筆架震出緋紅的墨：
莫非你潛入醇酒，擠出葡萄，
魚片也喚回身體的全部，錦鱗夕映，
梭地飛去來，攪起湖中浪？

2016.7.24，給飛廉

2015

晚來鳳

獨你，想必仍蜷在灰蟻前
細數一兩三。夜風
在你鏗鏹的肋骨上，拆十字。

你若虎腮，我執這松茸之耳
練習舉單杠，懸鈴無木；
摘星者與我談，義氣比丹鳳如何，

靈山算不算山。日間
咋舌堆得像半疊虎皮，你瘦得
遊刃，三窟被你對半開。

擬標語也靠蠻力。加餐飯
方抵得住，六年來一枝紅縷
並紅鞋，狡兔著實耗五寸金蓮；

夜間充氣，充不夠雄器閒散。
入門前剪須，出了門
則拖一顆金剛拳，兩端的面疙瘩

比之粉刺，亦首鼠，亦躊躇。
上座是壓寨的白臉，扮一個
巡山之小將，七七金磚召不還。

我賭半個凌空，你抽籤。
如是我聞：青梅湯不煮竹馬，
下酒菜，孜然最自然。

有小鳳，有酸湯，此是第八日。
損者亦益友，混浴於鳳凰池
染無所染，褪也褪不脫這二人轉。

2015.5.21凌晨，給王亞鋒

過龍女湖心洲

I

迷霧正鮮，鮮不過山水皺起的兩端。
是你，從不可見的深處，拆開旅途之謎？

一縷疑似的鷺鳴懸在空中，半白；
為凝固的暑熱，斜插一副輕巧的髮簪。

不容洩露的祕景，如造物手中的疊扇
推開湖底潛藏的導遊圖？一晃間

月亮晏醒，理雲鬢，同將隱的落日
隔著湖對望，取一座山峰做妝臺與戲臺。

II

先是彼處錯身的青峰，借平行的電纜
互通有無，商量一個合適的焦點：

視線從船腹散開，抽取眼力的絲線，
平鋪或打褶，織就一段更新的景深。

木櫓被取代，轟鳴的電機虛晃了古猿聲，
方知萬重山輕如紙，已渡過遊船。

湖底的龍女為裁剪而勤奮，半片衣衫
捏成一顆顆水珠，在掌間留下鹹的蜀川。

III

無猿有鷺，抽絲般乳白的一躍
彈開近山遠水，空氣中緊張的勾股線

被右下角穩固的水牛拉扯。動靜間
湖心洲在左舷畫弧，製造一場離心的同心圓。

你從船腹挪向船首，相擁無隙的童男女
擺弄取景框，切割並組裝眼前的美景。

那是山水的裸色，薄霧吹彈可破如皮膚，
無足淺淡：卷雲皴，鬼皮皴，大斧劈皴。

IV

半閉半合的湖之眼，為遊船劃開的拉鍊
添一枚暗扣，減速。右舷上剛卸貨的採沙船

吹哨，示意殊途同歸的必然。吊臂鮮紅
自信抵得過自然的引力：湖的切面

被它輕巧地磨平，而山巒間對峙的鋸齒
拒絕了它銼刀上殘存的柔中剛。

紙山水清淡，替換著光影疊加的幻燈片。
且看岸邊翹起的綠拇指，鉚緊了鬼工之弦。

2015.7.21-22，武勝

失眠詩

記憶在水面引退。歧途中
一隻乾枯的手揮去睡意，
而你也被鏡中的幻影迷惑著，
無法重新擦淨自己。

半小時前，綠風衣裹著的腰身
就這樣下沉，我甚至看得出那條弧線
牽動的波，和一張不動聲色的臉。
你讀出的少數幾個詞：
玫瑰、夜、懷抱與修辭術。

禁忌之夜，將簾幕上的光孔傾斜。
那些半裸著的短語，被我們解開
引向它譬喻的背面。
一條透明的界限被假定著，
由此你與我隔開：對望的時刻
少於自言自語，少於你。

在夢的另一端，你逼迫自己開口，
又怯於一個否定的答案：它降臨在
你舌根懸起的地方。而你，

由此及彼的潛遊者，將技藝之繩
固定於手指彈向的半空。

你遺忘的事物，不止這些。
甚至，你僅僅將我看作一面鏡子，
從中修補那滑落下來的身影。
你向我索求的，只是幾個虛幻的詞。
它要你安靜，你便真的假裝沉默，
黑夜將挑起你影中垂落的唇線。

2015.3.23，給莊李俊，兼賀其生辰

窄巷詩

盲目間，同時而至的鐵獸
逼我進窄巷，身下單車受驚。
挖掘機撅起尖嘴，為路面剖腹產，
深溝裡所剩塌陷的舊情？

碎石子比皮球更快地滾向我，
腳底盡是灰。晏起的眼皮
跳著廢工業的地址，
舊幣早無，你還在臨摹偽通貨？
唯巷子寬窄不貶值。

我欲再迅再疾些，登山容易
下車難。過時的地圖早丟到腦後，
廿年間，廢紙以雪片的速度
更替我記憶。出口如蛇皮袋，
腿腳快，反鎖進軟籠。

胯下鐵驢不比小赤兔，搶紅燈
須早排隊。碩大陷阱在前，
抓斗撩起秋波，示威我。
冬風專揀耳朵割，起勁莫若靜觀。

通行哨驚起煙塵天，三步
併作兩輪。墮淚全怪風刺的。
我說動情事小，趁紅燈剛滅
何不掐掐日子的準頭？
巷裡巷外怎可隨便策反。

2015.2.16，徐州

春餅詩

過渡而非過度，被飢餓者畏懼。
臨近斑馬線的末段，你徑直
引我登二樓，遶一個琳琅的半圈。
如此熟稔：幾秒鐘，雲梯未及搭起
當代的話柄，已急著迫降，
從視窗把我們拋進皮墊的垓心。
猶如被命運鬆綁，我的胃，
飢餓的同謀之一，也在過度的磨損中
求個痛快。幸好我們端坐於
兩條平行線，倒無涉蹺蹺板的
力學原理，甚而讓我直面廣角的戲臺。
影像機背後，科技伸出黝黑的小孔
展覽雲的新歡情；誰，如你所見，
裁去雲彩蓬起的毛邊？
煎蛋與幾株發紫的香椿
在山水（人山及人海）之間更精於做戲，
而飢餓是盤裡兩對兒春餅
已無力觀望窗角的鬧景。
咳，相看也早兩厭！悔無所悔。
我收緊被倦憊撐滿的心房，
羞於承認，人間事被切分得精細如斯，

喜劇裡只浸著悲的底液。
這讓我眼色越加沉著，心氣下垂
轉而擾了更糟的胃氣。有分教：
法國人吃捲餅也手腳並用？
你囑我洗手，似在繞彎子勸我
重操金盆，早些安躁心。
或是自戀所致：欲以菸癮挑話頭，
卻分不清fumer和parfumer。
撒菸屑於花粉，也絞人心在痛處，
無辜之行客——如彼如你。
且看，我發端了新詞根：
那廂正教導我，僅憑半寸的濾嘴，
吮得盡這周身的菸香手段？

2015.4.25-27，贈齊悅

迷園：灰海

I

你我之間反省著一片灰海。
未翻動的夏日，如你手握著剃髮器
缺一節電池，無法讓短暫的尾部
發熱，打顫。似乎為了某事
你把天色當作窗簾閉攏，
或是浴巾在你周身以外的區域
撫摸著你手臂勾畫的弧線。
描眉，修剪頭髮，剛晾起的衣領
迅速變圓。當你額前的幾片溼髮
在夕照中成為不反光的某物，
猜想是值得的，且必需：
蜂鳴著的洗衣機滾筒，殘留
一雙暈眩於顛簸的短襪。

II

而想像之物將它自身的危險
拋向半空：三條鐵絲搭起的護欄
懶散，像害了恐高症的植物。

看似空曠的房間，比一年前更局促，
四隻臉盆套娃般疊成同心圓。
折角的書頁修訂著空氣的流向，
以至你咳嗽了，皺眉，
手背被額上的溫度驚嚇，
唯有我在電話另一端，替你喝冷水，
但沒喫藥丸。你獨自去圖書館，
在二樓不辨南北的地方右轉，
深入被冷氣醃製過的人群。
這鉛筆，仍在鐵皮盒外側孤獨著，
被你的拇指彈壓，變短？

III

當想像中的浴澡，比日常泳姿
更接近真相，我只想
在你喉頭一側，觀望這場肉的風暴。
次日的天氣預報裡，它被描述成
一次逆轉的星象，頭一晚
星星淋了雨，感冒。
晨起，我收到你喑啞的嗓音

如舊信封抖出的地圖之屑，
仍聽得出艱辛外
灰白的鳥鳴。這是勾勒的工藝：
晏起成為必修，凌晨時
你還握著紙杯，近於乾涸，
杯口反光的圓圈像手電筒一樣微顫。
躺在床上，讓眼中無界的窟窿
穿過你，彷彿你在跳圈。

IV

不遠處，一隻更大的剃刀嗡鳴。
綠色縮短了寸許，而光禿的灰度
仍裸露著內斂，像虛構的表皮上
安裝了數顆虛弱的腎。沒有預告，
車燈掃過陰影中最晦暗的部分，
你表情光滑，耳朵有石雕的質地。
讓人懷念呵，你臨近的嘴唇
以最大的流速承受著反向之力。
你強壯如半頭母獅，另一半
則端坐如玉石，連夜的缺水和朗讀

讓你聲帶上的鹽，結成灰海之塔。
你近，卻在對面有光的二層樓裡
翻閒書，念著晚餐過分的甜度。

V

近於透明的我，在你身側坐著，
等高線繞著頭頂滑行一週。
那是我的指尖，將對岸投來的光亮
拈起，方形小孔裡竟放得下橢圓的
木窗櫺，焦點如坍陷的乳尖
讓幻覺成為柔軟的事。解謎者
卻在我們之間安排了緩慢的扶梯。
我登上你，喉嚨裡的軟木塞
正沸騰，起泡；時鐘也變硬了，
搖動幾下，即在七層的套娃裡昏睡。
你的眼瞼與樓的重影焊為一體，
牢靠，固執，但這不是攀談的語調：
你模仿男聲的顫音失信於自然，
那佯裝出來的反彈力，也僅僅
從我的皮膚上，怵然而短暫地一躍。

VI

然而，我需要一張絕緣的桌子
擺滿菠蘿，為你畫肖像。
鏡子歪斜，把我們身體相連的部分
折算成淚滴，瓷粉，或橡皮刮下的短痕。
隱形的這段時日，你從灰海深處
挪向顯影液的水濱，腳踵被灌木影子
覆蓋著。這是你席地而坐的理由：
你成了悲傷的微小衍生物，
楔入空中的一顆節點，反覆拆
你我之間的木扶梯，彷彿它
將手臂延長。取消了透視的你的臉
也像冰箱裡過冬的半隻蘋果，
把光滑的弧面摘下來，留給自己。

VII

指尖如指針，我握住你消了磁的
不辨南北的手指，在折角的書頁上
鑿洞。星象指南的半截楔子

被你捏成墨滴，點燃，化作銀鼠。
那是你夢中縮小的巨獸，
從暗房搬進灰海，在你眼底的藍一閃。
而我環遶你，手臂上的刻度收緊，
精確到你呼吸的位置。
灌木中緩緩升起這麼多夜行的人，
彷彿從石頭的間隔中誕生，手握著
錦衣和時間之籽。我仍未擦淨
你的淚水，它何時從地底的暗泉
湧出來，像永遠等距卻斜臥在草叢的
不再繃緊了力的拳頭。

2015.9.7-10，上海

迷園：命名

I

兩束光假裝在密談。
我們如此近，隔著
簧片般的風，手指
鑿開你寬鬆的淚眼。
這如同：在注視的
延長線上，虛構出
一座謊言山。謊言，
被我草草填回詞礦
的剩餘物，如今已
露出它黝黑的引線。

II

我信任，抵住我全部
的羞赧。而夜色將它
黏連的喜事按入金殼
浣洗，發白。被兜起
的沉默，是一座銅鐘
穩坐著它秒針失落的

斷面。我們暗自角力，
如現代機械一次微型
劇演；懶於躲開時間。

III

當手指停在悲傷的
源頭蘸取金粉，你
剖開的機心，殘留
的本來之物，堆疊、
引向你胸中的逆轉
或命名術：水獺在
虎齒間擺動著身軀，
舌心從柔軟處墜落，
重力早於無言之境。

IV

你仍藏匿著虎紋，靈巧的
唯物？是修辭的剃刀，我
握著，將謊言削平。真空，

一層蓬鬆的切片。你淚眼
如磁石，讓小悲傷遶著圈。
而縮寫的命名之物，腳下
結冰，蹈著橢圓：蘸金粉
的手指，撥弄對稱的乳尖？

2015.3.9，上海

入梅及其他

She staked Her Feathers － Gained an Arc －
（*Emily Dickinson*）

上篇

時雨陡轉急，Nuages等不及扭椏枝。
午間火線開屏，水晶雀失落於
來歷，半扇身段收攏且薄情。
晚來天欲雨，起舞者褪玻璃衫：

水晶抑或水玻璃，一丘容得下二貉？
唯恐高聲語引來無窮臂，
綽一截生鏽的水龍頭，徒手捉妖：
要麼唱個咮從良，要麼收你進

曲折的管道，接受地頭蛇的再教育。
收緊傘骨，爭渡，一層水紋纖薄
如指片，隔著龐大與更龐大的。
雀眼眨著風暴眼，時辰已選定：

彼處雨霖鈴，今朝木蘭花已減字，
定風波，尚缺一捆緊的孔雀做藥引。
你看它冰涼的心在玉壺中痙攣，
弧線已乾瘦，良心的螺絲釘徒遭拆散。

中篇

地頭蛇胡作水龍吟，逃逸前
須緊鎖孔雀的玻璃心。庭院深幾許
不如闢一方枯山水，保外就醫。
雷公害了文藝病，此事古難求，

但憑你情義索枯腸，這意料外的
不知悲喜：細羽即細雨，
打磨半空的形狀，金縷曲抖落金縷衣？
看華萊士擎虛構之燭，似雀聲

比高處更高，傘面這繃緊的跳床上
卻坐促弦弦轉急，虎凳還是彈飛機？
三月前你蓄須以栩栩，容我秉衷情：
對美髯常懷妒意。雨驟停，

夏夜滬城不聞笛，箜篌引空喉，
空城所施無計——吳姬唔知誤機。
內心之Paramour早無，談甚麼隔宿妝，
眼波嬌利？變臉就是耍賴皮。

下篇

你舌底私藏的唱針，怎奈憔悴損，
損一片點絳唇、榆木面皮。
皮影人擅唱空城計，唱機轉不動
剽竊的雨意。地頭蛇強佔黑作坊，

舉計劃經濟的青旗，多快好省
專產永動機？行路難，難於話鋒
逢場打折，為欠費的夏風充值，
嘔啞嘲哳難為情：水面清圓，

風荷一一皆不舉。雙關好比棉花糖，
北調拗不過南腔，罩一隻水晶孔雀
共渡雲雨。我亮出斗大的膽，
談談這南地的梅雨並黴雨，或發潮的

青年黑格爾？你捋兩把滴水的鬍子
做一個轉圜。唯掌底的獨琴
似插銷，拴起兩片疏遠的冰心，
奏一折末世曲：諧律者最擅Paramusie。

2015.6.2-5，贈徐賢樑

2012－2014

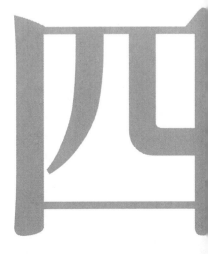

晚餐

到窄門來。我述說罪行的地方。

三個月，回憶在浸油的餐桌上
焚化。你們把虛構的火苗
擺在胸前，以此來愛我、烤炙我。

我感到堅硬，燙。
半熟的菜湯把舌頭活生生塞回去，
這待罪的器官，以及寬宥

正不止息地在體內萎縮，
縮成雨林之核。當未成形的雷
讓淚水也觸了電，我不祈求──

菜葉，也浩蕩地掩埋我們。

止住吧，我單面的肉身
無以在悲壯與愛的撕扯中
完成這網狀的晚餐。我的面容
將墜入池水，被瘦魚分食。

到荷花池就停下。雨水
眼看就要升起，召回病逝的荷花。

2013.11.24，給程一、方李靖

逆流

我不能說得更多。嘴唇
放棄了預感，在冬日凝固下來。
虛構，是每一個真實的靶點
在厭世者的身上釋放燕子。

或者：寒冷不僅侵佔著你我，
也在池塘埋下它的密碼本。
樹搖落鳥群時，憎恨
早已消化在愛的警報中。

我們用拖延的速度在岸邊行走，
成堆的種子因熟透而在手中
鏤空。鳥類錯過了翅膀，
它們的眼珠被池水分割成細浪

像是為了回憶這圓球般的冬天。
假如不再折返，鳥群呵
怎樣在逆流的愛中保持著口渴，
將這一切保持在平庸之上？

2012.12.4，上海

在六點鐘那邊

一切已開闊，在星與星之間。
六點鐘從盡頭遞來微弱的光，
為我們描下小小的扇形。

記憶的屏風，正待我們旋開
或扭緊。比它更近，是風的喘息。

我們輕盈地踏步。落葉讓出一條隧道。
孔雀的形狀，比風更輕地撞擊著。

或者，這唯一的遊者，試圖在成群的
街燈裡描出一條隱祕的線，
連接起夜幕上忽大忽小的橘黃。

導遊圖，將我們引向記憶的入口；
抑或迴旋著，畏懼於近乎黑的底片？

年幼的父親，能否從我緊閉的唇間
奪取那無聲的詞。這些年
記憶的絲線堅硬如常……

夢中它們如鋼針：「每時每刻
你拆解我。又將我縫合。」*

街燈上橘黃的孔雀，擦肩而過。
你的影子伸縮於記憶之外，
將舉起六點鐘彎曲的錶盤。

六點鐘。古老的催眠器。
你切分這時辰與美意，精確如剃刀。

聽得出，我口中殘存的半晌嘆息？
僅一瞬所扭轉的事：時刻與時刻
疊合的尾翼，一片遮起了光斑的憂喜。

2014.12.22夜，冬至日贈王柏華師
※注：該句源於Michael Dumanis的詩〈My Mayakovsky〉。

清歌

人群遠了，誰將交出嬰孩的歌聲？
天空在陣痛中忍耐著琴弦，
否則，你將通往堅決的暗礁，
星星們圍著一個起點亂撞。

被話語激怒，木吉他嘈雜而謙卑。
聲律的親屬如此龐雜，龐大到
鐵骨般的風也在胸腔中吹哨。
唯有局部，才能清點銹蝕的無限。

一列松枝疾馳在我們胸口。
遠去的燈，像被氣息中短促的肋骨
截住，像一些叮囑在匿名。
你會緊跟你撞向的事物，醒來。

難道弱者的淚痕仍不能觸動歌聲，
讓它從地底湧起，解說著自身？
那是一千張清潔的嘴被你的眼睛
閱讀，如果損失變得必要……

2012.12.30，上海

迷園三章

I

那些被身體阻隔的人
不會說謊。就像你習慣於
天陰前，從我背脊
偷走一條溼淋淋的手絹。
約定的雙方比賽誰先違背，
於是玩笑教你放鬆：
「遊啊在陰霾中，
趁雷聲尚未起身；遊啊，
我在路旁觀看甬道急轉
輸給一座山巒。」
你知道我缺乏悲傷。
哪怕玻璃讓我們彼此確切，
你觸手可及的世界依然
鹹得發苦：「游啊在海面，
生疑的目光瞄準
那無限平坦。」你嘴唇
在前面緊張而芬芳，
我追隨苦藥。隔斷的歷史
何其苦澀，反覆敘說

不能坦白任何事情。
你攢起「曾經」這個詞
丟進我不算敞亮的懷裡。
你提及那多餘的人
沒有修飾地：「太晚了，
他開始掉漆」。*
這件事即使他知道……

2013.9.11，上海
※注：出自瘂弦《舞曲》。

II

事實是，你的病癒合
在荒蕪的十九歲。
十九歲：沒有什麼
比人造的親切更枯燥。
日子肥碩，沒有我
你整天在水裡鬆垮地游。
水：池塘的妾。

晚歸者把胸衣落下，
你那拖至腳踝的藍裙
是銀河由衷地獻身……
倉促中，情欲被比喻成
桃木雙倍的划水聲：
「槳，妻妾成群者，
咬痛水面剩餘的肌膚。」
你推開視線像還原
空白裡變黑的那個？
「再深一點，就是
她們的巢穴。」*

2013.9.18，上海
※注：出自安德《深海恐懼症》。

III

雨不大，就不會再大。
被雨浸溼的物種
愛惜地將臉埋在花傘裡，

笑。我未分清傘和雨。
但路依舊漫長：通往草坪
須經過食堂、食堂工人、
築路工人和築路的砂土，
你乾淨地遲到是一種必然
為我延宕了數載……
談談你心裡的事。說吧。
你等待沒有牽涉的人
陷入我們中間潮熱的空氣。
默然的樹照亮男人
在丟垃圾的間隙閃著光。
那些索求靈敏的頭腦啊，
仍寄希望於「翻過身
世上再無絕情的人」？*
你用離開否定我的絕對。

2013.9.23，上海
※注：出自潁川《霜降以前》。

細雨問答

最後的細雨。你為何乾燥得像桃核，
一些微小的爆炸造成發皺的臉？

我寄生於少數的遺棄者的風暴，
枯枝被我原諒，我視力所及的空曠

　　　　竟有些惡意？

昨夜，你預備好的眼淚會準時
像絲絨般進入喜鵲那反光的眼圈？

它們不因你的解釋而偏安於短暫的歇幕，
我感激你，卻在幕後搬空你

　　　　願意施救的主宰？

唯一被選中的善主在塵土裡
跪下微暗的火？除了最後一刻

它只有不斷分解的兩個憤然的罩鐘。
加速吧，你能用越來越少的舞蹈

　　　阻擋遺忘的人？

如果多餘的針腳能把紙花縫紉出
殘酷的氣味，請茂盛而無知。

請在進退兩難的呼吸中堅持你的刮痧，
哪怕後悔也不能使它克服？

2013.3.18，贈謝超逸

四月的園地

我幾乎能逃離那片海水：
瘦小的腳，一間淡黃色臥室。
男人在琴聲中暫停鼓掌，
退卻，偶爾談論起養花。

四月的土壤漂浮著粉霧，
果子舒適地隱匿，支起耳朵。
父親，此刻唯一的安息者，
用絡腮鬍的影子將乳香逗弄。
憑藉相冊，他重返那個窗外：
母親像櫻桃彈跳在回聲裡。

缺少風的日子，四周布滿
過時的溫暖。儀式在傘的縫隙間
彌漫，一叢叢漲水的捲髮
把腳步引向三尺的園地。

冒著雨水，古舊的臍帶
像一次失誤般鬆開自己。

該引用怎樣的過去，當遲來者
寧願低頭挖掘著不可見？

2013.4.4清明，徐州

雨後寄友人

隔著長夜，我聽到你內心潮熱，
如溺水的魚經歷又一次失語。

雨停了。我仍替你尋來雨水，
即使你我橫臥在一方見底的泳池。

你沉湎於友情：三年？或者更遠。
你想像不潔的邊界加深著逐年。

（漸涼的肌膚已懸起一根磁鍼，
在我單薄的心臟上詢問……）

光陰善變，你說開始時便已陳舊。
當無辜者在你眼中顯形，你露出的

也只是半扇塞著棉絮的耳朵。
你談論我黑暗的心，像喉嚨在沉溺，

吹奏般，彈出一枚更沉悶的尾音。
你罔顧歷史的樣子就像嬰兒。

那片模糊的形狀，在我背過身時
伸來一簇微弱的下降的光。

而你無力剪斷它，無力將溫熱的氣息
託起，為池水束緊精緻的內部。

此刻，你的手勢仍困頓於假想？
凡黑暗之處，必有輕盈的倒立。

2014.4.26夜，給砂丁

一種沉醉

你怎樣戒除一件事，我問你。
怎樣避免在交叉的領口
標記脖頸，啊背光的天鵝？
你影子裡的床單吃掉暮色，
窗邊，書桌戲仿著淡藍。
如果程度上的區別對稱於顏色，
我寧願看你擦乾手，在墨水瓶中
憤怒地搗毀我的睡眠。
那是你為現實的氣氛塑造著
一種形狀，憤怒是因為
你著急：沉醉的果香如何變成詞，
在詩篇裡挽留可愛的近鄰？
那植物的姓名是什麼？
昏睡替我的身體拒絕了回答。
我依稀記得，你昨夜天真地
邊踱步邊演講，為我們共享的果肉
安排著情境：它弄酸你的牙
確實可惡；將它放回暖春的枝頭，
變成氣候那不必要的背景
更合適嗎？我不會拒絕暝霧
為我鋪上舒服的涼紗，

近似於此刻枕著你的襯衣，
在半夢狀態中遙想一個固執的傍晚
把你筆下的字慢慢沖淡。
但休想搖醒我。我不允許。
就像你不慎咬傷的果核
不心疼你的牙齒，詩在書寫中
不惋惜你急躁的右手。
就像考驗：天鵝垂下脖頸時
能否用微弱的窸窣聲
讓我安靜卻永遠不睡去？

2014.4.8，給砂丁

原始之光

火車上，他趁著微光翻閱筆記，
第一行進入眼鏡，又繞到耳根後
輕撓。唯有無限的第一行
讓他猛然卻無限地預想了鼻樑：
務必修長，像白鶴警惕地懸空，
像湖面被風撫平，吸收在一瞬間。

角色不起眼，鼻子卻有高傲的坡度，
現實與原型之間，預期的距離
很安全。但生活從未讓他脫離過靜止。
隔壁的提琴手總趁他午睡時練習，
這份勤勞逼他拼命地攫緊畫筆，
視線移向窗外哭腫的鳥眼。

它面容淒淒，意識到來臨的夜晚
會徹底地溶解一切，它受傷的尾羽
和微光一樣無法倖免於裁剪。
它為消耗掉希望而被迫走上樓梯，
它嘆息卻不能否認：鐵軌邊的嘴
鑿開碎石，和掘出泥漿的硬喙是同一個。

他漸漸理解悲痛後突發的耳鳴，
為何垂淚，都不能將內部的怵然安慰。
危險的光斑不也撐滿了未知嗎？
嘴唇漂浮著詞語，聲波無色
卻黏成迴圈的圓圈。真實的不可能
像地址空缺，邀請枝椏驛至。

這些徒勞，這些被檢驗過的錯誤
像畫筆隱忍於口袋，枝頭流浪的貴族
在惺惺致意。他或它都不願邊界
被轉換，既定的草圖在真空中交談。
這悲鳥果真用畢生追隨嗎，
直到微光替他把第一行修改？

2012.11.18，鎮江—上海

評論
力士參孫的髮辮

文｜拾肆

　　閱讀秦三澍這部詩選時，力士參孫（Samson）的形象在我腦海
中漸漸浮現：拿細耳人（Nazirite）通過守戒有選擇地離俗，得以在
上帝那裡獲得神力、先知等種種異能；在秦三澍這裡，「異能」便是
他追求的「硬詩」。不過，參孫卻常常受到非利士女子的誘騙，把神
力的奧祕出賣給上帝的敵人，就像詩歌的「硬度」也始終處於軟化的
威脅中。似乎直到2015年〈窄巷詩〉的出現，他的讀者和友人才覺察
到他作品中令人費解的斷層式的變化，但他本人對此的否認以及零星
的詩歌片段卻提醒著我，他對詩歌硬度的追求以及「軟化」施加的威
脅始終伴隨著他自2012年開始的詩歌寫作：

　　他漸漸理解悲痛後突發的耳鳴，
　　為何垂淚，都不能將內部的怯然安慰。
　　危險的光斑不也撐滿了未知嗎？
　　嘴唇漂浮著詞語，聲波無色
　　卻黏成迴圈的圓圈。真實的不可能
　　像地址空缺，邀請枝椏驟至。

　　這些徒勞，這些被檢驗過的錯誤
　　像畫筆隱忍於口袋，枝頭流浪的貴族

在惺惺致意。他或它都不願邊界
被轉換，既定的草圖在真空中交談。
這悲鳥果真用畢生追隨嗎，
直到微光替他把第一行修改？

（〈原始之光〉）

這首寫於2012年的詩作已經隱約透露出他對詩歌之「通道」的
敏銳，以及「捨棄」多於「使用」的構想。[1]深藏於溫和面具下的悍
然秉性，讓剛開始實踐漢語當代詩寫作的他就要逼問「真實的不可
能」，並且對佔據了空缺的枝椏不屑一顧。這也影射了留白與補白的
文人傳統，一種在封閉邊界中遮蔽對象本身的美學邏輯：它試圖將空
白與不可捉摸的「悟性」相聯結，訴諸等級制的貴族共同體，將技藝
脫離於不可示人的「真」。這首詩的精確性並不止於在枝頭相互交談
著「真空」的「貴族」（悲鳥），更指出了他們的流浪——或許也隱
喻著漢語在現代的符號世界中的處境。這難道不是一幅淒美的花鳥畫
嗎？三年後，開始建立起自己清晰音域的他，使用了「地頭蛇」這樣
更為狂野的表達，無疑又一次擊中了那個從浪人狀態淪落至匪類的所
謂詩歌江湖的歷史性災難。這也是尼采一再指出的令人毛骨悚然的
「末人」的降臨。然而，正是在這一點上，他的寫作和接受源（以及
自我接受）產生了劇烈的分歧：

水晶抑或水玻璃，一丘容得下二貉？
唯恐高聲語引來無窮臂，

---

[1] 在〈「硬詩」：即興的偏至〉一文中，秦三澍引用蕭開愚的表述來說明好
　詩人的要件之一是「看見但並不使用那些通道」。

綽一截生鏽的水龍頭，徒手捉妖：
要麼唱個喏從良，要麼收你進

曲折的管道，接受地頭蛇的再教育。

（〈入梅及其他〉）

　　在詩的領域，也就是在維特根斯坦的「語言建築群」中有著最隱祕規則的那個院落裡，面臨著類似「甲蟲實驗」的判斷。即是說：這樣的表達不合法？抑或是合法的，但接受者尚處在「七層套娃」（〈迷園：灰海〉）的蒙蔽中？對於公共／私人語言的問題而言，規則的明晰讓甲蟲擁有不可私藏的語言對應物，然而詩呢？維特根斯坦說，詩是顯現。以維特根斯坦為支點，「顯現」恰恰是私人與公共之間紛爭的場所：是作為個體的寫作者將其所見之物給予時刻處於蒙蔽之危險中的公共之眼，同時又必須通過傳達給眼的共同體才獲得意義的過程；這也是秦三澍會也理應會倚重技藝的原因。在孤立無援的創作中，唯有通過技藝這種詩史的沉澱物才能分享讀者（The Readers）的視力，同時這分享本身也讓作者時刻會落入大利拉（Delilah）的陷阱。〈入梅及其他〉一詩中也有更多在結構上近似於參孫故事的細節。「地頭蛇胡作水龍吟，逃逸前／須緊鎖那孔雀的玻璃心」，連同開篇對狄金森的援引（「She staked Her Feathers ─ Gained an Arc ─」），確立著「雀／羽」在這首詩中的位置，正如技藝之於人與詩歌：在大利拉這個誘因背後，非利士（「地頭蛇」）借著偽神（「水龍吟」）的權勢，正對聯結於神力與墮落之間的「玻璃心」的引線源源不斷地施壓。

　　技藝帶來的甜蜜收穫在秦三澍2012年至2014年間那些更「規矩」

也備受好評的作品中展露無遺。從〈原始之光〉到〈在六點鐘那
邊〉、〈雨後寄友人〉，作者從諸如火車旅途閱讀這樣紛亂而滯澀的
起興中脫離出來，獲得了在節奏中游刃剪裁經驗和智識的能力。此
時，少便是多，讓他能夠製造出一個「比例協調的愛人」（出自秦三
澍翻譯的美國詩人Michael Dumanis）。濃縮了高密度與高強度的意
象同時又輕躍而起的短句，為作品帶來了穩定的質感：

> 昨夜，你預備好的眼淚會準時
> 像絲絨般進入喜鵲那反光的眼圈？

> （〈細雨問答〉）

　　雖說捨棄了更繁雜的意識，秦三澍依然在這個緊實的（當然也是
妥協的）句型中織入了細分且多重的紋理。作為狀詞的「準時」讓眼
淚這類陳舊意象更冷硬地凝固，同時「絲絨般」這個形容再次萃取出
其中的物性。我們稍後會發現，這種在微觀層面的細分（現象學的遺
產）甚至帶著數學的精度，堪稱秦三澍逐漸形成的「硬詩」觀念的一
個折衷版本。在「喜鵲那反光的眼圈」這絕妙的隱喻中，同樣閃光的
眼淚攝入了充滿活力卻不為人所轄制的旁觀者眼中，被一架造物的相
機所捕捉。配合著略顯程序化的句型與帶有強烈詩意的詞語，這在現
代詩歌的一般讀者看來顯得既親和又充滿莫名的誘惑力。畢竟在懵懂
的讀者那裡，能被感知卻又在「理解」的意義上不明就裡的修辭恰恰
是激蕩人心的奧妙所在。雖然其實質是抒情，但借由可接受限度內的
超現實與非人化的表達，詩人暗示了既親密又帶有超越性的關係，給
予人安慰的恰恰是這種分寸。詩人讓喜鵲的眼圈帶著流淚者走出他短
暫的悲哀：他的悲哀被從不痛苦的造物目睹了，並記錄了。在〈四月

的園地〉中，詩句「憑藉相冊，他重返那個窗外：／母親像櫻桃彈跳在回聲裡」運用著類似的但更純熟的技藝。或許因為這首寫給父母的詩更在意抒情的純度，詩人並未自我苛責於內意識的顯現以及修辭的張力，只是單純捕捉到母親在父親眼中如櫻桃般甜蜜、小巧的姿影。但這個平凡的形象唯有在詩句中短促地一閃，並且接續上「彈跳在回聲裡」這樣暗示出回憶的動態影像，才能讓讀者產生震驚後的共振。

超現實的視像營造當然需要很高的天賦，但僅憑這些仍無力樹立詩格。結合了他擅長從中挖掘表意潛能的心智，秦三澍的天分才能發揮得更為獨異。這種特性在他前期的創作中分化為兩個類型。其一是將視象襲擊般地接入意義複雜的句子：「虛構，是每一個真實的靶點／在厭世者的身上釋放燕子」（〈逆流〉），線條優雅而迅捷的飛鏢宛如在一個虛空的響指中撚出來的魔術，可以說是研習史蒂文斯這類現代經典的產物。在〈入梅及其他〉中他也暗示了對「虛構之燭」的困惑。他一面意識到這「比高處更高」的虛構有蹦床般的張力，同時如傘面遮蓋在離人不遠的上空，但另一面，他卻疑惑於這究竟屬於拘束（「老虎凳」）抑或昇華（「彈飛機」）。〈在六點鐘那邊〉中時間與光線構成的形狀通過隱喻變體（「屏風」、「孔雀」）如釀造般發酵，在節律性的書寫中生成了豐富的句群，無疑是這種技法日臻成熟的標誌。秦三澍前期寫作的第二種類型則恰恰相反，他讓視象被抽象的意識充溢並透明化，最具代表性的就是〈雨中寄友人〉的結尾：

　　那片模糊的形狀，在我背過身時
　　伸來一簇微弱的下降的光。

　　而你無力剪斷它，無力將溫熱的氣息
　　託起，為池水束緊精緻的內部。

此刻，你的手勢仍困頓於假想？

凡黑暗之處，必有輕盈的倒立。

　　「雨」和「池水」這樣普遍的景觀，以迥異於古典時期情／境關係的方式被凝視，它起始於超現實主義通過「幻夢」對「自然」實施的解放，但「磁鍼」卻指向了自為的觀念世界。不同於「藍色吉他手」這種內嵌了意義因而也更能自如展開的構造體，秦三澍們缺乏史蒂文斯對現代世界的自足體驗以及深厚的信念歸旨。正因為此，他們在貧乏的雨和池水中挖掘到的東西更為飄忽，在「無力」中不可能束緊的內部和「凡黑暗之處，必有輕盈的倒立」所爆發的情緒是分裂性的；是沉寂於原質中不可能被填補的渴望，而非確立。發了瘋的詩性掩飾在精巧的、看似平靜的語句結構之下。但這便是詩人所意識到的東西，「並非聖言，而是噪音（noise）」（齊澤克）。賦予其語言形式，恰恰是更為困難的，更不用說去闡釋。但我們仍能發現，「神力」與「信仰」之間的關係變成了被撬開的「可變形空間」[2]。在參孫那裡，神力是主動獻身於主的拿細耳人所獲得的恩賜，正如在史蒂文斯那裡它被作為「最高虛構」的詩歌所替代，並且，這些「替代」都遵循一種嚴格且內在和諧的信念力量。但在秦三澍這裡，詩不意味著被規定好的昇華，而更接近於一種黑暗與混沌之中的召喚。他體驗到詩在湧出時不可遏制的力量（「不可能……」、「必有……」），這種力量卻恰恰來源於被懷疑所激怒的內心。從超現實、史蒂文斯到

---

[2] 變形（devenir）是德勒茲談論藝術時使用的一個重要概念，他認為卡夫卡的甲蟲應該被視作是變成了一個新物種，而非異化。因此也可以說，在一切主體之內都存在着變形的預兆。而我認為，所謂的「後現代」恰恰許諾了一個更充分激化這些變形的空間。

秦三澍，這條線索預示著「替代」被「變形」所替代的命運。也就是說，詩歌的「神力」不再有額外的屬性，而是更純粹的意志的一種，是魔性的實在（德勒茲），是由硬度而非深度或美感所刻畫的——他不知何為硬度，但硬度在不舍晝夜地召喚他不停地毀掉自己的每一行詩。這並非什麼孤憤的壯舉，它恰恰是法朗西斯·培根經歷過並且成功抵達了其個人（也總是個人化的）巔峰的創作過程。為之癡迷的德勒茲在《感性的邏輯》中將之描述為圖形表的災變。圖形表，即繪畫中經典構圖、色彩等模式的積累和習得過程，直指著「技藝」的核心。正如秦三澍2013年的〈迷園三章〉中每一首的結尾都引自他同輩詩人（蕨弦、安德和潁川），他們構成了彼此的圖形，不同於往昔的是，他們同時又在更堅固的圖形中引發著自身的災變。但總體上說，這個時期仍維持著較為穩定的內循環，也幾乎構成了當下青年漢語詩人的生態。微小的災變掩映於圖形的山海，有一些稍縱即逝的成就，忽大忽小的光亮，都渴望著卻無人抵達如法朗西斯·培根這樣橫空奪目的巔峰。這是又一個符合參孫敘事的條件：在敵人誘惑與神力增長這兩者的拉扯下，參孫必然會落得多少帶點自毀（也是懲罰）性質的下場。

　　秦三澍近期的作品無疑表露出這樣的狀態，並且將災變推廣到了語言、句法、文體甚至是詩觀的互相拆解之中；缺乏協調性的古典文學因素以及各種生澀的即興、混雜的搭配魚貫而入，完全破壞了他此前苦心營造的現代詩歌樣板。當然，他做出的每一項選擇及其整體觀念的激變，都可以溯源。在〈轉喻，語言官能的「即興」與「浪漫化」問題〉這篇談論臧棣的長文中，此種激變被秦三澍表述為感染性（contagious）的轉喻式寫作，與之對應的，則可以不那麼精確地命名為隱喻中心主義的寫作。這個融合了白銀時代、超現實、玄言體與意象派的隱喻傳統，追求用典、個人神話構建和認知的原創性難度，

它是布魯姆所謂的拉丁語系神話詩人式的經典寫作生態中佔統治地位的風格大系，當然也是一座名人堂，長期如蜃樓般籠罩著企盼世界性認可的漢語詩歌。寫於2013年的〈晚餐〉折射出秦三澍在隱喻中心的現代詩學內部所受的洗禮和隱匿性的反叛：

到窄門來。我述說罪行的地方。

三個月，回憶在浸油的餐桌上
焚化。你們把虛構的火苗
擺在胸前，以此來愛我、烤炙我。

我感到堅硬，燙。
半熟的菜湯把舌頭活生生塞回去，
這待罪的器官，以及寬宥

正不止息地在體內萎縮，
縮成雨林之核。當未成形的雷
讓淚水也觸了電，我不祈求──
菜葉，也浩蕩地掩埋我們。

止住吧，我單面的肉身
無以在悲壯與愛的撕扯中
完成這網狀的晚餐。我的面容
將墜入池水，被瘦魚分食。

到荷花池就停下。雨水

眼看就要升起，召回病逝的荷花。

　　〈晚餐〉在我看來並非秦三澍前期作品裡最好的一首，我更欣賞〈四月的園地〉中飽滿、高強度而不乏精確意象的抒情（「憑藉相冊，他重返那個窗外／母親像櫻桃彈跳在回聲裡」），以及乞靈於血親和葬禮儀式這類主題的有力結句（「古舊的臍帶／像一次失誤般鬆開自己／該引用怎樣的過去，當遲來者／寧願低頭挖掘著不可見」）。相較於試驗性的、可改變結構的、完成度不穩定的作品，〈晚餐〉是最具平衡感的一首，也得到了臧棣等當代重要詩人不吝讚美的評價。從走進餐廳這樣日常的時刻開始，整首詩就被「晚餐」和「窄門」這兩個在聖經意象系統中有著嚴格所指的詞語從「到窄門來」這樣鬆弛的敘述短句中瞬間拔高，並凝結在背叛與救贖的嚴肅主題上。當然，神話的個人化挪移與日常性重置恰恰是現代詩歌的特權，甚至是其魔力的祕密源泉之一：向下即向上的路，唯有消解才能真正地引入。這也是艾略特從鄧恩的〈跳蚤〉裡學到的東西，並且用在了他身受妻子（伍爾夫說她是掛在艾略特肩頭的一口袋白鼬）多年折磨後，在瑞士度假時為宣洩而寫下的〈荒原〉中（「妓女／泰晤士河的女兒」）。他「甚至不在乎自己是否懂得自己在說些什麼」，這種下墜的動機帶他穿透現代又回到他所歸屬的神聖事務。

　　就隱喻中心的現代詩歌而言，「到窄門來」是個近乎完美的、高難度的起句，也沖淡了下一句看似突兀又勢必為了易解性而做出的宗教化擴展。他已經做得足夠好，但我相信他不甚滿意從這裡往下的詩行，那是後來被他認定為「軟詩歌」的部分：命題般的走勢滑入了一種漂亮的但始終受制於某種壓迫性的認知模式（「大寫詞」），順從於同一個文學體系中的閱讀期待。當然，詩人可以像阿什貝利那樣以持續的常識性反思來衝擊此種祕密教條，譬如「你可以暫時邁出

去 ／ 走進大廳。……而夜晚以前不在這兒，也不是這樣」（〈殘忍的形象〉）。「不在這兒，也不是這樣」的空白足以讓人痛苦地注意到被現代所替換的「夜晚」。可惜的是，阿什貝利依然是一位不折不扣的「神話詩人」。他天才地推進了隱喻性寫作的邊界，卻並未跨過去。這顯然並不能滿足秦三澍的抱負和期待。他的同窗砂丁一開始就丟掉了這個包袱，這位讓訓練有素的現代詩歌批評者們有些緊張的年輕詩人選擇割除隱喻器官，在恪守日常化的詩句中揉進一種令人揪心的荒誕情緒。然而，正如秦三澍發現並且不能容忍的，這樣做最大的損失莫過於完全捨棄了「詞語」，甚至是「句法」。

　　〈晚餐〉後續的詩節準確展開的一系列意象，涉及到隱喻中心的另一項核心技術，王敖稱之為「想像力發展」的能力，這也是秦三澍早就熟悉的。第二到四節中「浸油的餐桌」、「虛構的火苗」、「菜湯」、「待罪的舌頭」直到抵達情緒點高潮的「菜葉，也浩蕩地掩埋我們」，合力構成了一個「晚餐」隱喻系列。各節在意象的張力、語感和節奏、屈折情緒的精確傳達與持續推進方面都處理得乾淨俐落，且在不破壞詩體穩定感的同時富有彈性地為過程意識中的激化、褶皺、逸出找到更合適的形式變化。這得益於其優秀的、來源豐富的詩歌修養，也正如上文所提及，吸收其他遺產本身就是隱喻中心寫作增殖性的源頭。譬如第二節中，無論因情感體驗抑或能力的影響，他使得寫作過程處於一種克制的激情中，從而達到了近乎帕斯捷爾納克〈二月〉及〈馬堡〉中在超現實風格對浪漫化傾向的約束下產生的冷抒情效果。第三節卻並未在傳統的白銀時代風格的因循下讓意象圍繞抒情基調去旋舞，而是朝著更加超自然的方式進行了展開。這是否可以稱為詩的「良知」？經受了三個月不為人知的背叛的煎熬之後，這頓最後的晚餐，只能依靠因罪化而不可能發聲的事關宣告、交流與和解的器官（舌頭），又怎麼可能被優雅地約束於隱喻體系中？秦三澍

所不能忍受的，是詩對人的調停僅限於此，是受困在形式感的唯美之中。「把舌頭被活生生塞回去」，菜湯這樣日常中最低賤的小事物此刻成了通過綁架而將嘴堵塞的施暴者。在其中，罪、受害者、「寬宥」以一種錯亂的邏輯相互踐踏，讓那個被痛苦扭曲的形象無法克制地撕開了面具（「徐州男人既尚武又嫵媚」，這個出自柏樺的命題也曾化用進秦三澍的〈鐵蒸籠〉中），之後的意象也就逾越了「餐桌」，以超現實方式來應付這種封閉性的內向的坍塌，之後又迅速拉回到了隱喻體系。為什麼是菜葉？這一意象不僅表現出秦三澍忠實於赤裸當下的反編碼的傾向，也預示了其隱喻技巧的成熟。它為不起眼的、悲慘的證物贏得了詩性：菜葉，是對羞辱（遊街記憶）和刑場（菜市口）的指稱。

　　第三、四節已完全脫軌，以魚食－荷池這樣的轉喻式逃逸線完成了一種塵埃落地的和解。結句是一個典型的張棗式抒情。這種跳切（一種直覺的拼貼）之所以會在詩人的意識中發生並且得到詩人的確認，在我看來，因為前述的詩節已經把罪性的書寫推到不可挽救的極致，這種極致是意識真實和詩性激情的雙向逼迫。但在「窄門」裡，挽救先於罪性，在充盈著「罪」的晚餐隱喻體系內卻又毫無餘地。從創造的角度說，當然也存在別的可能，但在秦三澍那裡，通過能指的鄰近性從窒息的隱喻體系的「窄門」中逃逸，成了挽救他的出路——只有走出窄門，才能被窄門拯救。他的新作中，稍有不慎就會踩空的逾越則完全掌控了書寫過程，它不局限於超現實式樣，那些對「大寫詞」的顛轉甚至祛魅地混入來源多樣的語言流的做法，更多的是對屬於漢語世界的當下性的「意識真實」的追蹤，他的一句詩曾魯莽地表明了這種立場：「Y a pas de peut-être dans l'histoire！／翻譯：電子競技不相信眼淚」（〈Au Naturalisme！〉）。他用中文世界裡被稱作段子的鄙陋的能指對「歷史中不存在可能」這樣輝煌的能指進行了看

似十分挑釁的滑移，然而對於身處其中的讀者們來說，卻無法否認，這句話玩笑般地擊中了靶心。柏樺近年的寫作幾乎氾濫著此類令人不適的並置，且不論這是不是屬詩的，它至少揭示了現代漢語詩歌中被一種不堪的矛盾所遮蔽的機遇：如果詩可以寫一切（龐德語），那麼，為什麼正在發生的，卻是不被允許寫的？

　　2017年10月末，前往巴黎就學的秦三澍，在起意於卡魯塞爾橋並寄贈萩弦（他最親密的詩友）的〈萬古愁〉中，以詩論詩般地傳達了他在「邊緣」的試探：

誰照舊埋著頭？誰破壞著氣氛？
誰視力迷亂卻甘願站在橋上，
誰偷聽了鄉音卻認定那是外語？
你計算，你得到了卻故意漏掉些什麼……

就像你的位置被景色挪動過，
氣候會隨時提醒你，它把邊緣投放到哪兒。
如果上一輪環節，你在場卻沒領悟
可觀的價值，現在不妨把自己透明化。

這個建議不是從經驗中來的，
而是朝著經驗的末梢，危險地爬過去。
一開始你疲倦於巨幅的顫抖，
別擔心，你只要假裝你不夠脆弱。

睜眼時，你心痛於塞納河的顏料盤
不經意地崩潰：藍色染了黴菌，

金粉、銀箔也被魚嘴拱得不像樣。
你感嘆，聽力真是一套繁瑣的手續。

顯然，這是透過感官比較學的角度。
這也導致你錯失了恢復的黃金期。
從側面襲擊的聲音，猛烈到
像喇叭探進體內，用原聲朗誦你的錯誤。

它最擅長填補你的缺陷，它宣告：
你的時間表也很錯誤。令人擔憂的
不是真假之辨，我認為你的錯誤
在於把錯誤反省到了語法的層面。

是時候恢復你的眩暈以制服眩暈，
讓它適應視力的環線。是時候再一次
將景致內部化，最簡便的操作
莫過於把喇叭口一致對外，繼續播放。

另外，請保持一種模仿性的距離：
離人群既遠又近。理想狀態並不等於
理想的狀態，每當你詢問「萬古愁……？」
一切答案都像跟自己賭氣。

　　這首詩能告訴我們，對秦三澍舊作中精神動向的捕捉是如何幫助
讀者進行「視域融合」的，正如伽達默爾曾向德里達說明的那樣：
「通過自己的引退進入交往之中……克服文本中的奇異物」。首先是

作者意識生成的連續性作為一種前理解與效果歷史需要得到描述，再者便是逃逸線的問題。秦三澍本人也很熟悉並折服於德勒茲的完全對立於所謂樹狀文本的「塊莖」概念。樹狀枝杈（作者）是根與莖幹的供給工具，而塊莖只順著它接觸到的土壤中更有養分的方向延伸。在這個意義上，養分恰恰是「故意漏掉」的那個什麼，是被挪動過的「你的位置」……當然，在進入其寫作之前，不得不體驗到漢語詩歌寫作環境本身的激變，其中最引人矚目的是蕭開愚的近期轉變，特別是在〈內地研究〉中對繼多多以來最有影響力的漢語詩體實驗的揚棄。之所以這麼說，我認為，只有達到純化了的現代詩學所擁有的那種語言技藝的硬度，才能支撐秦三澍令人費解的反叛行為。這樣的他，才可能嘗試去寫「非現代」（拉圖爾）的漢語詩，以一種被現代的增殖威脅著的中國視覺。姜濤在〈「歷史想像力」如何可能——幾部長詩的閱讀箚記〉中認為〈內地研究〉賦予了現代漢語詩歌以一種「歷史想像」的「在地」形式，但其批評未能深入這種重大轉向的機制，也許姜濤對這種做法有心理上的距離感，並且把注意力聚焦於每一個神話詩人都會擁有並務必經歷的史詩抱負。其實質是把詩的問題轉移到了文化生態令人痛苦的異質性上面。

　　對此，巴迪歐的判斷要殘酷得多，在他看來，根本不存在獨立於西方現代的主體性，只有嚮往西方的本地畸變和虛無主義的仇恨。姜濤和巴迪歐代表了這種「在地」形式的表裡，這個重大的論題卻並不直接與詩相關。如同蕭開愚一樣，柏樺也做了充分的準備，不僅寫出〈水繪仙侶〉這樣以「逸氣」為態度的微觀史詩，以拼貼式的詩法處理了豐富的史料，更重要的，是在〈鐵笑〉與〈竹笑〉這樣的工作中，通過那些已經被接納並充分接納自身的鄰近性語族（東歐和東亞）——尤其是關於接納的過程——來小心翼翼地為現代漢語這個多少有些難堪的混種（hybrid）重新繫上戈爾迪之結。我們可以從拉圖

爾的理論中得到啟發：必須承認現代漢語是在拉丁語系這個雜合體中增殖並且侵入的結果，因為得到純化的所謂現代語言的確有著更強的硬度；但漢語自身的雜合過程也會同時被省略，處於寄生的、絕育的威脅之中。正如韓博敏銳而辛辣地寫道，「就這樣，兩個人撂下／器官，決定去宏偉中度日」（〈就這樣〉），這「器官」就是寫作的器官，「宏偉」就是那棵德勒茲發現的「樹」。一旦意識到語言作為擬客體的自主性，將被諸宏大理論（在這裡是隱喻中心主義）從其純化中分裂出去的事實、事件和人重新納入艱難的、開始總有些不像樣的轉譯與雜合過程，詩才可能獲得它自身的硬度，正如赫塔・米勒和芥川龍之介做到的那樣。臧棣、蕭開愚、蔣浩、韓博，包括他們的承襲者秦三澍，洞察到了並試著與那種隱祕的控制決裂。也許，談其「硬度」為時尚早，但可以確認的是，他們比西川和歐陽江河更接近於拉圖爾理想中的「中間王國」，也開始拒絕嚮往沃爾科特寫下〈白鷺〉時被天使行列接引而入的只屬於他們的天堂。瘂弦在評論韓博的〈飛去來寺〉時，也敏銳地注意到了蕭開愚、韓博得益於宋詩派，師法山谷，對那種他們熟悉、無法越過卻又開始厭倦的隱喻主義進行了奪胎換骨式的改造。從其敵視的廟宇內部進行破壞式的重塑，其動機是值得肯定的。但恰如臨死前的參孫那樣，已經深陷於非利士人以及刑具包圍之中的他，同時內心又深陷絕望與罪惡之中，神力在此處發揮著復仇／自我懲罰的雙重效用，同時也預示著一個時代的終結。士師時代，參孫的特殊性在於一系列背叛／神罰的民族性事件凝結於他個人。對於漢語詩歌而言，也同樣只有少數的面壁者們身處在純化的西方文學體制與民族性歸屬的痛苦撕扯之中。對於秦三澍這樣還在生長過程中逐步確立自身的青年詩人而言，何時將自己拋入漩渦的中心而不至於被這劇烈的衝突摧垮，多少決定著漢語的未來。

　　〈萬古愁〉的前兩節描述了「在場卻沒領悟」的危機。在與博納

富瓦的爭執中，秦三澍意識到恰恰是在場之物挪動了他自己的位置，並且使詩歌空轉。語言－事件之接觸該如何開始？他的解答是讓自身「透明化」，從而成為一個被固定的但又不再被超驗之在場佔據的空間。更形象地說，是接觸的風眼，是臧棣和希尼發生對話的詩篇所寫到的：「接觸是一杆槍／就像鐵錘一樣……信任每一次觸摸」（〈隨著那新鮮的深度協會〉）。極易混淆的是，在場之接觸與風眼之接觸的差異究竟在哪裡？那是「從經驗中來」和「朝著經驗的末梢，危險地爬過去」之間的區別。秦三澍的方法是訴諸能指之間的關聯，也就是前文提到的轉喻傾向。出於完全不同的理念，我認同這一點：因為單純地強調能指的自主和互文恰恰跟陷入「在場」一樣，是拉圖爾所謂的分裂並且掩蓋了轉譯工作的增殖，是現代的四種儲備資源（repertoire）之一。而我對這種方法的認同，則需要深入到能指的結構中尋求解釋。正如拉康所說，無意識的自動重複機制並不隱藏在能指或所指中，而是隱藏在能指關係的結構中。拉康將之比作一條被做成了莫比烏斯環的蟲子，假裝沒有因為被剪斷而死去。也像是發瘋的哈姆雷特，他無法意識到自己口中的父親能指之所以讓他猶豫不決，是因為轉喻與隱喻把母親欲望隱藏在了結構中，並不斷勾回妄圖行動的主語。從消極的一面看，能指的自主性得到越多的擔保，就越容易讓大他者通過無意識結構來進行控制。

　　如果把能指看作一種語言流體，那麼秦三澍就是把自己變成一支多頭水管，希望通過直覺的泵（intuition pumps）為能指與能指引流。他之所以能從在場中逃離，卻並非由於能指本身的空乏，而恰恰在於能指本身是一種不能被任何超級事物直接佔有，而只能通過結構去佔有的沉澱物。一個詩人能意識到當然也往往更容易沉湎於詞的物性，如音調、色彩、觸覺、語義張力、模糊性以及詞語與詞語之間「榫接」（〈深淺篇〉）之後的奇妙變化，這樣依然會讓直覺落入無

意識結構的網中。但是，也只有通過這種「接觸」才有可能發現，能指恰恰是歷史、事件與個人三者在語言的轉譯中保留的最原始的痕跡，並且沉睡於其中，成為活力的保證。不同於人們受制於被結構了的能指關係，詩人可以將能指帶回到無意識結構鎖定之前的沉眠狀態，進而啟動並發明語言，通過詩歌來重塑能指的結構本身。秦三澍雖然未必能厘清其中的利害，卻看到「藍色染了黴菌，／金粉、銀箔也被魚嘴拱得不像樣。」那些不像樣的但充滿活性的「魚嘴」和「黴菌」，正是一種詩歌在能指的微觀層面的機遇，隨著這種發現，之後那些晦暗不明的詩句也得到了燭照。在〈不能禁止・其六：論得救〉中，秦三澍把「將景致內部化」和「一致對外，繼續播放」借由對能指流體的直感而得以融合的方式稱作「降維」，並且說「降維比深度多出一個潑辣」。降維和「神也是扁的」（臧棣）有著共通的取向，然而他更細緻地說明這只是一個能指之作為能指的用法，是「氣質性」地——而非內容性地——指向世界，卻並未指向取消深度的一般語義和淺表化的話語狂歡。他詩集的總題「四分之一浪」已經暗示出對浪（語流）的切分恰恰是取消自然主義之後對詩歌再領悟與重塑的前提：

Y a pas de peut-être dans l'histoire !
翻譯：電子競技不相信眼淚。

[……]

燭焰狠心，咬著你的、你自己的耳墜。
遲緩，是電話裡Monsieur Papa黏人，

拒絕從腐壞的心扉遞出把手，手指
都不給！La beauté 的轎子被月光掀翻⋯⋯

暈酒的軟轎呵！既然痛飲過「自然主義的
微光」，tombez dans la nature！

　　出於非常私密的體驗，〈Au Naturalisme！〉一詩中那個在小型聚
會上「既遠又近」的秦三澍讓我充滿共鳴。一個個精英話題被機智的
中國青年們消解在歡鬧中，卻也是以離心的姿態被向心地纏繞。被
我、同時也被「中心」省略掉的段落，那條避入古典幽徑的微不足
道的複調，就像總有一個昆曲愛好者在KTV裡獻聲並淹沒在流行金
曲的酸楚中。無論朝向哪一邊，都會讓「終究沒做好潛水的準備」
（〈論魚鰭如何透明〉）的人溺死。然而這個時刻，這種不傾倒於
任何一種虛無化在場的現場，這種渾濁淤泥裡的呼吸，就是我們正
在發生的「冷酒在酸楚的峰值敲冰塊」的生活。最後三節中，除去
嘆號不論，浪漫化抒情被徹底分解在語句的即興裡，卻異常讓人悲
哀。「美／美人」（la beauté）這樣貫穿於歷史的名詞在眩暈中失
效（「掀翻」）了，剩下的是一種欲望的哀悼嗎？除〈萬古愁〉和
〈Au Naturalisme！〉之外，秦三澍還多次提到了「眩暈」：

聲音的顆粒在挖掘什麼。假如你贈予它
一個譬喻（比如「滾筒」），只能說明：
你為你的眩暈找到了洗滌的理由。

（〈可見的與不可見的〉）

蜂鳴著的洗衣機滾筒，殘留
一雙暈眩於顛簸的短襪。

（〈迷園：灰海〉）

暈船如暈藥，紅暈消褪後
你需要採陽補陰的妙效。
乳牛的叫喚讓你看見遠處有船。

（〈遠遊篇〉）

　　在〈萬古愁〉中，秦三澍明確指出了兩種眩暈的存在，〈迷園：
灰海〉和〈可見的與不可見的〉恰好分別對應了它們。需要被克服的
是「洗滌」的眩暈，也是「藥」的眩暈。在隱喻的繁雜而有序的空間
中，致暈體驗是能指結構起效的前兆。無論是試圖用另一種眩暈來掙
脫限度的秦三澍，還是自信能駕馭這片被替換的大海的神話詩人（譬
如王敖），起初都被這種不安穩的海航折磨得不輕。在「不能」替代
了「不願」的過程中，詩人被許諾了一種「野心的滿足」。然而像秦
三澍這樣立足於自身直感與處境（當然也受到了前輩們的鼓舞），才
會更懷疑這種「不適」是不是寫作的自由意志帶來的「難產的陣痛」
（尼采）？由此，被逐漸遺忘的酒神精神又一次被喚醒了。詩人AT
在〈對詩的一種想法〉中準確地引用了尼采的一句格言：「你們要保
持內心混亂，因為來者會從混亂中脫胎而出！」雖然秦三澍對混亂
（當然不得不提到更核心的概念：迷醉）的理解更有實踐性，更為反
抒情和去浪漫化。他的立足點絕非那個空洞的內心，而是「視力」，
這也是他為什麼戲稱自己的理念是「字面主義」（譯自littéralisme卻

扭轉其內涵），其中包含了能指的「符號光芒」和對事件及意識過程的接觸式觀看。就內心而論，他只看到「塗鴉的短牆」（〈感時詩〉）或者「貴族般的黑暗」（〈遠遊篇〉），這也對應了〈不能禁止〉中論及的「矯飾」和「權勢」主題。

　　這樣的自然主義，既然因一種能指化的運作而被徹底取消了地位，又何必為它乾杯祝禱？在他眼中，內在的風景與風景的內在有著微妙的差別，這種差異被自然主義的微光既遮蔽又照亮。「自然」是詩歌所要處理的對象中最難啃的一個，也是最具有實存性質與物性的對象。然而，拉圖爾提醒我們注意，恰恰是這個看似並非被建構的自然，也是我們所建構的（我認為最精彩的分析要屬廣松涉的「四肢結構」）。風景，在浪漫主義及其殘餘的風景畫那裡，是一種死去的自然（「你的位置被景色挪動過」）。但秦三澍同時能意識到自然的外在於人的實在性，不僅如此，那位厭倦了風景畫的詩人，在閒暇時反而開始著迷於蜂尾反射的燈光。雖然身處於困惑中，他還是寫下了另一種蜜蜂：「但窗外花賊指責你侵犯了版權。／還真是，你的臉複印鮮花像千層紙」（〈不能禁止・其一：論緣起〉）。這句話暗示出秦三澍對於自然的態度：他並非絕緣於那個非人化的人的居所，卻認為那與詩無關，它是造物的書寫（「版權」），墮於其中只能讓詩人成為一張滑稽的藍印紙。因此，為自然乾杯並宿醉之後，去書寫不該再求助於任何在場、社會和結構的困難的詩。在這一點上，他既對又錯。他機敏地看到了寫作中「像胭脂，深刻到表面」（〈聖心〉）的自由，以及沒有什麼神話可資依靠的艱難，卻錯在過度激進的分離主義傾向。

　　他訴諸的是漫遊於「古詩」與「谷歌」這兩種——以及更多類型的——事實時生出的情感在當下時刻與詩人直感相熔煉的可能。他希望借助的是德勒茲在《真理與符號》中探討社交、藝術與真理符號的

複雜關係時指出的「符號性的純粹光芒」，一如「手慢無」（〈鐵蒸籠〉）這個他在詩中重新發明的詞所印證的努力。但我同時認為，蕭開愚那種完全屈服於雜合的構詞熱情對詩性有著潛在的威脅，當然這是在掃除種種「繁瑣的手續」之後。「手慢無」與「不如闢一方枯山水，保外就醫」（〈入梅及其他〉）有著質地上的差異，不僅僅是構詞之經濟與否的問題，而是後者雖然展開甚至放大了對社會新聞的雜合式替換，其在能指結構上依然很容易被導入到一種並沒有什麼了不起的中國想像。秦三澍注意到了能指化轉譯帶來的解放感，卻並沒有完全意識到硬度是如何達到的，這也是整個轉喻轉向實驗中最艱難的部分：在解除了隱喻體系的幽靈般的固定之後，意識到真實的確能以一種非常迅捷的流速被捕捉到，那些遺漏的什麼也能夠湧現。然而，在意識之海中詩人反倒更難釣上那條詩的「金鱒」。談及速度的問題，我想轉述詩人安德的見解：詩歌的速度不是像墜樓那樣，而是一段段下降的臺階。這是對靜滯的或賦格式的古典演奏的偏離。然而秦三澍對意識流速的控制在於首尾的裁切，它區別於普魯斯特那種無限延宕的意識流體，而成為斷片式的、更恪守語言內部流動的體裁，這對於詩歌——特別是短詩——別有啟發。如〈不能禁止‧其二：論矯飾〉的結句：

> 就像彼特拉克，一手掩鼻說「骯髒！」
> 一手把〈征服〉塞給本地的愛侶。

這首詩幾乎以一種無跡可循的方式轉化著複雜的語源，唯獨在最後一句獲得了異常的明晰性和雋永，如同碎浪彼此推擠直到岸邊。這在他看來是一種徹底，是必死的下墜被攔截之前的緩衝。正是緩衝過程本身賦予了詩以硬度。這再次回到了純化與再純化的問題上？詩是

否又被勾回到能指的無意識結構中？答案只有在過程中，在書寫的過程中，也在書寫歷史的過程中。

　　由於速度的不可扼制以及自我的透明化，秦三澍新作中的嘗試會給人帶來性質絕然不同的不適感。其中一種，當然是被現代審美捆縛的人會在解放中體驗到的不適，如同從划船機被拋入海中；另一種則是無法再純化的不穩定的煉金，也就是參孫式的自毀行為。他的新作中彌漫的幾乎失控的反諷氣質是其最醒目的印記。求助於反諷能很好地回避純化甚至為純化鋪設必死的緩衝（讓我們在喬伊斯那裡停留片刻），然而我相信這絕非他的初衷。具體到對流行語的攝取，相較於「路：柴油車不廢柴⋯⋯／一些罰款程序像走親戚不走心」（〈不能禁止・其七：論算法〉），「星星，被奴役到星星眼」（〈聖心〉）顯得更有硬度，如何讓這些本身就帶有強烈戲謔色彩的新鮮詞彙不陷入過度的能指嬉戲之中？除了對其保質期的判斷，除了在句法中平衡語感，當然也不能因此放棄任何潛在的可能性。對於嬉戲的平衡，臧棣的「協會」和「叢書」系列詩給出了極佳的範本，然而，秦三澍或許質疑平衡也是一種限制？這讓人追溯莎士比亞至於雅里、荒誕派以來，對民間滑稽劇團中「胡鬧詩」（nonsense verse）的循環不息的汲取、轉換與純化。同樣，一個能把廢品收購站拍攝出迷幻感的蒸汽波女孩，一個忙碌於美又對美的歷史一無所知的蜂后，甚至比當代藝術更讓人驚訝。

　　而古典來源與拉丁化詞彙的變形也在漢語詩歌中遭遇純化的難度，這些元素怎樣不那麼生硬地安置？請教一個前衛的服裝設計師也許更為合適。譬如「他的持續性讓你擔心著可靠性」（〈可見與不可見的〉）這樣的詩句既是意識的直呈，也是對枯燥學術的幽微反諷——然而哪怕是反對，關注本身就可能是控制的一種，正如批判現實主義只是現實主義的一出雙簧戲，無法提供任何關於新生活的想像。

對此我有一種觀點，所有在超級事物幽靈籠罩下的東西，都要萬分小心地稀釋甚至剝奪它們的存在感，約束並預防它們通過語義結構再次從「經驗的末梢」爬回「心臟」。僅僅能指化是不夠的，甚至要像一把懸疑電影中的槍那樣讓人無法察覺你使用過它。這有賴於「學習之甜」：首先要體驗並承認隱喻（以及其他諸種傳統）的純化工作中那種衝擊性的硬度。隱喻中心主義的寫作之所以是羅馬式的，並不關隱喻什麼事；朝向轉喻的偏移也並不意味著擱置史蒂文斯、沃爾科特、哈特・克蘭豐富的遺產，而是聚焦於其位置的變動：隱喻或神話體系（哪怕是個人的）作為詩歌中或許唯一可以通過翻譯將作為大他者的帝國無意識複製給異教行省的策略，被挪到了中心。

　　同時不應遺忘動機的問題。情緒內核的波動、敏感與強度對於詩句的牽引力，讓我們回到詩人與世界之間的「外在化」（德勒茲與福柯）關係。這也是臧棣「專斷、任意的詞語排列」製造的間離效果以及多多「專制的幻想」中的技術概念所沒有解釋的人的因素，它提示了我們與帕斯捷爾納克之間的差距並非技術成熟度與寫作能力的欠缺，而是他自身如何以及如何可能在所屬的環境電場（梅洛－龐蒂）中得到啟動和刷新的能力。憑藉它，沉湎於安達盧西亞深歌傳統、浸潤於超現實潮流又視之為「一種逃避」的洛爾迦才能寫出傑作〈梅亞斯的挽歌〉。「最小的手也不能／把水的門兒打開」這樣的句子像血管風暴中的水手那樣靈敏地駕馭住了流速緊迫的抒情動勢。但這個動機，這個起點，是風暴的聚集。另外一種是黑馬「在我們中間尋找騎手」的動機，但需要注意到，這個「無法被滿足」的雄心在〈荒原〉中恰恰和宣洩結合在一起，更為遺憾的是，只有在「星空的馬廄」中才會有一匹跛腳的黑馬。我們的坐騎，更可能接近於博爾赫斯筆下代表著潘帕斯之魂的高喬人胯下的野馬。我們找到它，跨上它，與不能被徹底馴服的它一起奔跑，死於母語缺席者之間的鬥毆。

這些具體的難題都歸結為一種處境：「在和平的時代，有著完美的藝術；在混亂的時代，藝術也是抽象的」。保羅‧克利深刻洞悉了符號與人之間兩種對立的關係及其不同的使命。我們也總能感受到，在那可望而不可及的黃金時期，詩歌和藝術是既可愛又有力的，如歌德、普希金，或者哪怕是充滿神性卻從不淪為說教的西蒙娜‧薇伊的散文。這些只發生在特殊的、短暫的、健全的「和平」之中，更重要的是它們皆屬偶然。此外，也就是更普遍的處境中，我們能依靠的只有自身的壞運氣。秦三澍的詩歌猶如參孫的髮辮那樣，在同其神力一起增長的過程中，伴隨著災難、誘惑、自毀和重塑；這種聲音更接近在廢墟中撕扯的鶴唳，而絕不可能是被巴赫吹入教堂的管風琴。他作品所表現的整個風貌正是尚未健全成形的猙獰，就像他寄託友人也同時賦予自身的期許──「罔顧歷史的樣子就像嬰兒」（〈雨後致友人〉），並因「罔顧」而從周遭的一切接觸與更直接的信念中汲取到能量。

　　　　　　　　　　　　　　　　　　　2018.10.4，寫於家中

拾肆，1987年生於蘇州。蘇州作協會員。西南交通大學博士在讀。小說、詩作散見於《青年文學》、《飛地》、《星星》、《青春》等刊物，兼事批評，發表於《名作欣賞》、《虹膜》、《中國攝影報》等。譯有〈杜伊諾哀歌〉（節選）。著有詩集《菌毯學》（杜弗書店，2015）。詩集《災難酒館》（藍谷地詩叢）獲2017年「胡適青年詩集獎」。

跋
假的降維，真的字面主義

文｜秦三澍

　　二〇一六年底，唐納德・川普「登基」的消息在國內外知識界鬧得沸騰非常，它引爆的意見分歧或歸統，落魄了原本的小結盟，又讓一些反目者不期然地握手言歡。唐納德成了測驗三觀的試金石──說得古典味兒一點，是照妖鏡。我素來後知後覺，加之二〇一〇年從國際政治系轉到中國文學系以後，為了斷絕雜念，也免去人在曹營心在漢的嫌疑，時常佯裝不關心政治，只沉溺文學，故此知行合一，對這新聞熱點首先採取詩的態度而非其他：Donald和Michey（川普副手「麥克」・彭斯的暱稱）這逗人的組合讓我咀嚼到初級詩意，世界的一極由大當家唐老鴨和二當家米老鼠聯袂執掌，多麼快意人心又迎合當代邏輯！

　　但這份詩意一直耽擱到去年隆冬我在尼斯天使灣散步時才真的成就。當時，我被一群國際遊客簇擁在隊伍裡，口音誇張的本地大媽給我們導覽不存在的舊港。她細數北邊的巴黎尾大不掉，不單髒亂差，氣候也教人反胃，反之──話鋒／畫風一轉──這片海灘可是當年俄國貴族的專寵。在場的美國人無不輕撫其肚，微笑以示滿意。或歷史或現實的國際爭端與博弈果真一筆勾銷，我不被「通融」（字面義）的大同局面所感染都不大可能。米老鼠邪魅的笑靨徑直貼在川普臉上未免過於硬核，我依附眼前景致略作修繕，隨即口占兩聯：

請通融！來者非富即貴，非美即俄。
誰像米老鼠：赫魯曉夫、安德羅波夫？

我是說，競相抵禦搞成大串聯，
蔚藍貌似中立，其實很卡通。

　　回到住所，我認真谷歌了赫魯曉夫和安德羅波夫的照片，發現兩位領袖從正面看（哪能有側面相片呢），除了喜感，跟米老鼠長得基本不類似，於是更加放心，我寫的果然是詩。盯著屏幕上兩位壯漢溫柔的笑臉揣摩許久，耳畔循環著一位中年詩人〈越南組詩〉裡的句子：「胡志明伯伯一生害怕打針／愛笑，他是個永遠的男孩子」。

　　作為符號，男孩子川普對我寫作的間接激發不止於此，顯然，也不止於他在推特上炸裂的洗腦文風。前夜我寄宿普羅旺斯聖雷米小鎮，趁難得的失眠（「為睡眠必勝！取消羊的意志」）檢索當地名流諾斯特拉達姆士的事跡：傳媒吸睛的渲染中，這位一五〇三年出生的猶太裔化學家兼藥劑師以一千行quatrain將人類歷史預言個精光，就連法蘭西的大革命、德意志的阿道夫崛起、英格蘭的皇室醜聞、美利堅的911慘案和唐納德當選都難逃法眼。網路上數份穿鑿附會的指證惹得我熱情難耐，這位精神上的縱橫家像臨睡托夢般把鮮活的詩句強塞給我，我手一抖竟把他包裝成國際主義者了。

　　不知幾時睡的。醒來，圍場清秀的馬蹄聲替代了淒風。那段將睡未睡的經歷也補進未完成的詩裡：「羽絨服加棉被，制度自信，／沉醉靠自覺也靠自我管理」。這句話倒有股自勉風味：近幾年我寫詩也不止靠自覺的自我哄騙，還自願受制於自我管理。我要免疫的（不是驅逐也算軟禁吧）是一套催眠術，要提防漢語當代詩運行數十年積澱下的美學的政治正確。它們最初開天闢地，嗣後變為保障機制，到我

們這一代則（部分地）拼命拖詩人後腿。我總覺得，詩除了勾勒詞語彈向超越性存在的優美弧線（政治正確），也得通融詞語不小心（哪怕故意）砸在地面上的噪音；除了在日常行動中發掘「神性」和倫理之微光（政治正確）——注意，必須是微光，調得太亮就不夠「正確」——詩還能「嗷」地一聲撲到未被拔高、修剪和結晶化（哪怕裝配了一套謙遜的視線）的基層現實的表面。當然，它是詩的現實，詩的王國永遠不存在語言之外的現實。

　　我體諒一些密友的批評，他們扼腕頓足要挽留我早期詩作中端莊、優雅和克制的深思，我非但不同情自己，還「悔無所悔」（我在詩裡用過兩次的短語）。那梳著飛機頭、成天罵罵咧咧、三觀頗受質疑的川普先生的確有點上不了檯面，但他存在，即是我們肉身直截交接的現實，駁雜，紊亂，也是一個亟待詩人去誠實轉碼的現況；想簡單憑套路就讓它（看起來）規矩一點，無異於打臉。詩人最該忘掉的是先知本能，其次就是遇事皆美化的應激反饋。能在詩裡包容下噪音還不夠，最好還諸噪音以噪音，這涉及寫作的真誠。數碼的當代性重置了我們的語言狀態，沒錯；但作為一個技術樂觀主義者，我對此的批評讓位於讚嘆，要給它一個巨大的hug。請見諒，我實在來不及對那個（些）失掉的精神性的原鄉（－s）抱有什麼正兒八經的懷想；藉席勒的分別來講，我的感傷性早被天真性吃掉。

　　說是天真也好樸素也罷，我（僅僅）是本分的符號工作者，也（僅僅）是詞語存現主義者。詩人的工作跟碼農差不多，頭腦裡可視化的效果圖不能不在線，但率先得尊敬編碼的在場，否則它就真的降維成一勞永逸（兔死狗烹）的工具。詞語在詩人面前像個巨大的黑洞，禮貌婉拒它的吸附，可以是無論優劣的個人抉擇，但它自帶的厚度不容否棄，卻是基本道理。這厚度，就像網路用語「手慢無」，將肉身動作的契機（手如果）、行程（慢了）和預設結論（[尖貨]就沒

了）如此經濟地穿鑿在三個漢字中，甚至，màn和wú在輔音和聲調上的搭配也失陷了單字的邊界，彷彿否定性的結語急吼吼地要提前出場：

　　…… 還沒認領

　　七分之一手慢無的早餐，

　　蒸籠熄火，筷子駁回，都低調。

　　他留你聽：蒸籠裡沸水

　　晃蕩如皮球早產於酵母；

　　不得不：胃口滋生河妖

　　拆遷了寶塔，鐵皮不忠塑料難咬動。

　　這是符號自身「像胭脂，深刻到表面」（〈聖心〉）的現實，「手慢無」和「手如果慢了（尖貨）就沒了」並非「對應於」兩個異樣現實，現實是：它倆「就是」兩個現實。符號攀登的坡度和內旋的曲率毫不遜於它們指代的東西（如果符號真能「指代」些什麼的話）。〈鐵蒸籠〉敘寫我在公攤廚房裡覷覦熱氣直冒的饅頭的故事，但故事讓位於語言事件，我寫出來，也無非要為「手慢無」這三字掙個跑龍套的機會罷了。

　　為一個短語而敷衍一首詩，聽起來像個我負全責的事故，但它換來的保險賠資不可謂不可觀。說正經的，我被迫感悟到的寫詩的經驗，不是我用語言，而是語言用我。詩人體驗或想像到的東西還沒來得及被語言複寫，語言就要替身處語言中的詩人來體驗和想像了，絲毫不給面子。起初，我惶恐於詩的紀律，對語言私匿的僭越之心彈壓良久，最後無奈於作者對詞的監護往往周轉不靈（這是我炮製

「硬詩」一說的契機，但不能盡括其意，詳參〈「硬詩」：即興的偏至〉），算了，服膺於即興原則，狠心去寫永遠不會完成的詩。從此作者和讀評者共享一個謎面，同樣對謎底沒底。詩人被語言操縱的透視像〈前線〉裡的肥鴿左傾右傾，最終，先賢高乃依非反射性的禿頂也像在說對不起，愛莫能助。好吧，詩對詩人訓練的結果可能是：詩讓詩人明白它僅僅是詩。

　　這則假設的重點是「僅僅」。我也終於了然，詩的品質錨定於它的修辭。詩或以甘飴沁人，或迷亂神志，或撩人垂嘆，或拿崇高的邈遠之思裹挾讀者，或將「真誠」之感力挺於紙背⋯⋯讀詩之人買的終究是詩的效果的賬。（但千萬別給這句話加上「罷了」，否則真對「效果」大不敬了。）譬如，我從未避談真誠，卻反對將它拖出修辭效果的範圍另行加冕／嘉勉──詩的真誠跟詩人的真誠關聯甚弱，前者的真誠無非「顯得真誠」。詩無異於巧言令色，我猜，通澈的作者皆深諳此道卻諱莫如深，有個當代詩的名句在此情境下最適合灌頂：「世上誰不愛好榮名、首飾，像許由？／君王與大盜像一個人不能分成兩個」（〈堯或跖〉）。詩人最大的功德莫過於預防知與行「分成兩個」，既知詩是魅惑，就需琢磨幻術效果的增益，少有其他耽想：要透露真誠，便盡力煽動真誠之效果；要顯出歷史襟抱，布景時便手持大圖紙，慣作深沉或戲諷態；想放浪的不妨把語言調整得痞氣一點，哪怕詩人本尊衣冠齊整溫良恭儉讓。求仁得仁、盜亦有道就是詩了。

　　好，反求諸己，二〇一五年之後我寫那些玩意，貪求何種效果？籠統講，目的是能指的嬉戲帶出快感和爽意，而快感，按Jean-Luc Nancy的說辭，是在傾向於延長或重複它的關係中落實的。此外，也在乎詩的流速。我取法幾位漢語界的前輩，研製詩的轉喻樣式，以抵消隱喻之深度與完整迴環為要，迷戀詞的接觸性感染（稍一接觸就感

染）和感染的傳遞，自此，詩以寬度而非深度（高度與之類似，無非鏡影關係）定奪，耽於語碼表面的運動而不思更「進」一層。更早些，〈晚來鳳〉〈入梅及其他〉〈歸心篇〉〈素衣篇〉〈不關心政治的少女〉憑緊俏的語速盼讀者早點暈圈，後來搬到巴黎，老歐洲的遲緩教我以講廢話的調子寫詩，我又從法國文哲作品「換個說法即創造」的原理中獲悉洞見，具體則是把簡單的事以複雜的衍生邏輯重演一遍（顯然我信賴「以言行事」和書寫之奇效勝過一切），了事化小，小事化大，把「手／慢／無」變回「手／如果／慢了／尖貨／就／沒了」：

　　　它的消失等同於化繁為簡。
　　　注視燈光太久了，你終於感受到
　　　聲音的顆粒在挖掘什麼。假如你贈予它
　　　一個譬喻（比如「滾筒」），只能說明：
　　　你為你的眩暈找到了洗滌的理由。

　　說是囉嗦拖沓，唯獨安裝了若干邏輯渠道和囁嚅機關──「說它……不如說」、「但不至於」、「除非」、「這取決於」、「等同於」、「假如……只能說明」、「因為」、「在這個意義上」、「即便……也」、「但不總是」──在語感上我卻不敢沉溺，寧可以詞句的滑脫接著前面的滑脫。從滾筒到洗滌的轉離之所以成行，跟相似性（隱喻）無關，只求助於鄰近性（轉喻）；不圖讀者止步思索滾筒的「深意」，但求他有個囫圇印象就趕緊跑路，所謂飲鴆止渴。如此一來，作者像和讀者競賽，倒不是看誰把詩理解得更淺──放眼於字面不一定真的降維，取締映射性的深度（自指的深度卻值得獎勵）只想贏得更誘人的寬度──而是看誰能更快適應詞句變軌的洶湧。詩於是

成了語言藉作者手眼而自動勾勒的波形圖，是語碼即時的檔案化；換言之，它不僅寫靜止的圖像，寫縱深感、透視法，還能寫表層油彩的浮雕，寫筆和布面相處的瞬息，甚至寫執筆之手猶豫的進退。發現語言中世界的造像已經變樣，諸多或然供奉出一個詩的必要，事情就成了。到底，詩人的工作全在語言之內而不針對現實，詞的密室逃脫也能把功績算在作者頭上。

　　不再多說，講個段子。有位好友曾在微博上遭人指摘：你的詩無非是語言遊戲。這哥們有屏幕當盾牌，遂脈脈地反駁（我迄今沒找到更妙的回復）：那麼請問，您真的懂得什麼叫「語言遊戲」嗎？換做我，定要衝到他跟前，親暱地拍拍指責者的肩膀，再補一句：請問，您知道「無非」這詞兒水有多深嗎？

二〇一八年仲夏於巴黎高師Pasteur樓

一個附註：我從2015年就開始大幅修繕2012－2014年的詩，一直到這本詩集的定稿才順帶完成詩的定稿。這批詩曾流通過若干異文，各版的渠道也暢通，有閒心的朋友不妨找來做做critique génétique的素材。

二〇一八年九月於馬恩河畔田場

語言文學類　PG2291　陸詩叢02

四分之一浪：
秦三澍詩選2012－2017

作　　者／秦三澍
主　　編／楊小濱、茱萸
責任編輯／石書豪
圖文排版／周妤靜
封面設計／邵君瑜
封面完稿／蔡瑋筠

發 行 人／宋政坤
法律顧問／毛國樑　律師
出版發行／秀威資訊科技股份有限公司
　　　　　114台北市內湖區瑞光路76巷65號1樓
　　　　　電話：+886-2-2796-3638　傳真：+886-2-2796-1377
　　　　　http://www.showwe.com.tw
劃撥帳號／19563868　戶名：秀威資訊科技股份有限公司
　　　　　讀者服務信箱：service@showwe.com.tw
展售門市／國家書店（松江門市）
　　　　　104台北市中山區松江路209號1樓
　　　　　電話：+886-2-2518-0207　傳真：+886-2-2518-0778
網路訂購／秀威網路書店：https://store.showwe.tw
　　　　　國家網路書店：https://www.govbooks.com.tw

2019年9月　BOD一版
定價：220元
版權所有　翻印必究
本書如有缺頁、破損或裝訂錯誤，請寄回更換

Copyright©2019 by Showwe Information Co., Ltd.
Printed in Taiwan
All Rights Reserved

國家圖書館出版品預行編目

四分之一浪 : 秦三澍詩選2012-2017 / 秦三澍著.
　　-- 一版. -- 臺北市 : 秀威資訊科技, 2019.09
　　　面 ;　公分. -- (華文現代詩 ; PG2291) (陸
詩叢 ; 2)
　　BOD版
　　ISBN 978-986-326-722-5(平裝)

851.487　　　　　　　　　　　108012972

讀 者 回 函 卡

感謝您購買本書，為提升服務品質，請填妥以下資料，將讀者回函卡直接寄回或傳真本公司，收到您的寶貴意見後，我們會收藏記錄及檢討，謝謝！如您需要了解本公司最新出版書目、購書優惠或企劃活動，歡迎您上網查詢或下載相關資料：http:// www.showwe.com.tw

您購買的書名：＿＿＿＿＿＿＿＿＿＿＿＿＿＿＿＿＿＿＿＿＿

出生日期：＿＿＿＿＿年＿＿＿＿＿月＿＿＿＿＿日

學歷：□高中 (含) 以下　　□大專　　□研究所 (含) 以上

職業：□製造業　□金融業　□資訊業　□軍警　□傳播業　□自由業
　　　□服務業　□公務員　□教職　　□學生　□家管　　□其它＿＿＿

購書地點：□網路書店　□實體書店　□書展　□郵購　□贈閱　□其他

您從何得知本書的消息？

　□網路書店　□實體書店　□網路搜尋　□電子報　□書訊　□雜誌

　□傳播媒體　□親友推薦　□網站推薦　□部落格　□其他＿＿＿＿＿

您對本書的評價：(請填代號　1.非常滿意　2.滿意　3.尚可　4.再改進)

　封面設計＿＿＿　版面編排＿＿＿　內容＿＿＿　文／譯筆＿＿＿　價格＿＿＿

讀完書後您覺得：

　□很有收穫　□有收穫　□收穫不多　□沒收穫

對我們的建議：＿＿＿＿＿＿＿＿＿＿＿＿＿＿＿＿＿＿＿＿＿

＿＿＿＿＿＿＿＿＿＿＿＿＿＿＿＿＿＿＿＿＿＿＿＿＿＿＿＿

＿＿＿＿＿＿＿＿＿＿＿＿＿＿＿＿＿＿＿＿＿＿＿＿＿＿＿＿

＿＿＿＿＿＿＿＿＿＿＿＿＿＿＿＿＿＿＿＿＿＿＿＿＿＿＿＿

請貼
郵票

11466
台北市內湖區瑞光路 76 巷 65 號 1 樓
秀威資訊科技股份有限公司　　　收
BOD 數位出版事業部

··

（請沿線對折寄回，謝謝！）

姓　　名：＿＿＿＿＿＿＿＿＿　年齡：＿＿＿＿　性別：□女　□男

郵遞區號：□□□□□

地　　址：＿＿＿＿＿＿＿＿＿＿＿＿＿＿＿＿＿＿＿＿＿

聯絡電話：(日)＿＿＿＿＿＿＿＿＿　(夜)＿＿＿＿＿＿＿＿＿

E-mail：＿＿＿＿＿＿＿＿＿＿＿＿＿＿＿＿＿＿＿＿